9클래스 소드 마스터

WISHBOOKS FUSION FANTASY STORY

이형석 퓨전 판타지 장편소설

9클래스 소드마스터 5

이형석 퓨전 판타지 장편소설

초판 1쇄 찍은 날 | 2019년 10월 8일
초판 1쇄 펴낸 날 | 2019년 10월 16일

지은이 | 이형석
펴낸이 | 예경원

기획 | 위시북스
편집책임 | 이은송
편집 | 위시북스

펴낸곳 | 예원북스
등록번호 | 제396-2012-000132호
등록일자 | 2012. 7. 25
KFN | 제1-473호

주소 | 경기도 고양시 일산동구 호수로 646-24 위너스21 II 빌딩 206A호 (우)10401
전화 | 031-819-9431 팩스 | 031-817-9432
E-mail | yewonbooks@naver.com

ISBN 979-11-365-0415-9 04810
979-11-6424-597-0 (set)

※ 이 도서의 국립중앙도서관 출판시도서목록(CIP)은 서지정보유통지원시스템 홈페이지(http://seoji.go.kr)와 국가자료공동목록시스템(http://www.nl.go.kr/kolisnet)에서 이용하실 수 있습니다.

9클래스 소드 마스터
WISHBOOKS FUSION FANTASY STORY
이형석 퓨전 판타지 장편소설
5
Wish Books

CONTENTS

▶Chapter 1◀

"이봐."

수련생은 그저 쪽지 하나를 건네고서 뒤도 돌아보지 않고 복도를 걸어갔다.

"흠."

카릴은 아이의 뒷모습을 보며 살짝 혀를 찼다. 하지만 쪽지 안에 쓰인 글을 보며 묘한 미소를 지었다.

'이것 봐라?'

화르륵-

읽고 나자 쪽지가 순식간에 타면서 재가 되었다.

"……."

쪽지를 펼치는 순간 저절로 타버리게 마법이 걸려 있었던 모양이다.

카릴은 손을 털면서 낮은 목소리로 중얼거렸다.

"어지간히도 애가 탔나 보군."

뜬구름 같았던 우든 클라우드의 실세가 이제 조금은 손에 잡히는 것 같았다.

'어차피 목적지는 같아. 조금 루트만 바꾸면 문제는 없을 거야……. 황제의 측근도 내게 붙을 테니 그 둘을 한자리에 만나게 하는 것도 재밌겠는걸.'

황제와 우든 클라우드.

카릴을 얻기 위한 이 훌륭한 두 거래자의 경쟁을 그는 그저 즐기며 지켜보기로 했다.

"과연 너희가 무엇을 제시할지 기대되는데."

카릴은 교단으로 향할 때 탔던 마차를 다시 보자 감회가 새로운 듯 여기저기 둘러봤다.

"으흠. 무사히 잘 왔군."

교단에 바칠 물자들이 들어 있던 짐 마차는 이동 마법진을 쓸 수 없던 터라 이제야 도착한 것이었다.

"다시 봐도 대단하네요. 이 정도면 헤임의 반년 치 생필품은 될 겁니다. 주교께서도 크게 기뻐하셨습니다."

마차를 살피고 있을 때 조이 요한셀이 다가와 인사를 했다.

“그렇습니까? 이왕이면 속성석 거래도 주교께서 허락해 주시면 좋을 텐데 말이죠.”

카릴의 말에 조이는 어색하게 웃었다.

“이 일을 잘 처리하면 가능할지도.”

조이 요한셀의 옆에 서 있던 유린 휴가르는 딱딱한 목소리로 말했다.

옆에 서 있는 조이보다 머리 두 개는 더한 키의 거구인 그는 카릴이 황제와 거래를 하는 모습을 봤음에도 불구하고 여전히 하대하는 태도였다.

“조이, 주교께서 허락하셨다. 너와 내가 카릴과 함께 다녀온다.”

아마도 자신 스스로가 황제의 측근이라고 생각하고 있기 때문이라 카릴의 행동거지가 마음에 들지 않은 듯 보였다.

‘뭐, 실제로도 측근이기도 하지. 교단을 대표해서 우든 클라우드의 블루 로어를 믿는 광신도들의 머리통을 부숴 버렸다지만 사실은 제국을 위한 거였으니.’

그 공으로 그는 교단의 제1급 사제임과 동시에 제국의 작위를 받은 유일한 사제이기도 했다.

‘나중에 교단의 주교 후보까지 올랐지만 스스로 포기하고 귀족 생활을 했으니 대충 이자의 성품은 알 수 있지.’

기껏해야 지하에서 본 게 처음인데 유린 휴가르가 카릴을 대하는 태도는 조이 요한셀을 대하는 것보다 못했으니까.

“저도요?”

"그래."

자신이 지목되자 생각지 못했다는 듯 조이 요한셀이 되물었다.

'유적 탐사에 능숙한 그가 합류할 거라고는 예상했지만 유린 휴가르까지 올 줄은 몰랐는데……. 황제의 입김이 있었던 건가.'

카릴의 시선을 받자 유린 휴가르는 심드렁한 얼굴로 그에게 말했다.

"그래. 우리는 어디로 가야 하지? 제대로 계획은 짰는지 모르겠군."

'저 인간 몇 년 뒤에 광신도 처단으로 작위를 받은 게 아니라 이미 귀족인 거 아냐.'

유린 휴가르의 몸에 밴 언행은 수도를 하는 사제라기보다 귀족에 가까워 보였다.

'뭐……. 지금부터 갈 곳엔 애매한 전력보다 미친놈 하나가 훨씬 도움이 될 테니까.'

그는 여느 귀족들처럼 콧대 높고 시건방졌지만 카릴은 오히려 다른 사람이 아닌 그가 일행이 된 것이 만족스러웠다.

"믿고 가셔도 괜찮습니다. 저희 마스터께서는 허투루 일할 분이 아니시거든요."

"엇……? 어엇?!"

조이 요한셀은 갑자기 자신의 등 뒤에서 나타난 에이단을 바라보며 깜짝 놀랐다.

"……."

그와는 달리 유린 휴가르의 반응은 차분했지만 허리에 차고 있던 메이스의 손잡이에 손이 올라가 있는 걸 봐서 그 역시 놀라기는 마찬가지인 듯싶었다.

"누구지?"

"아, 유린 경은 처음이시겠군요. 조이 경은 보셨죠? 교단으로 출발할 때 마부석에 앉아 있던."

"아…… 네."

"그냥 상단의 마부입니다. 원래대로라면 여러분들을 모셔야 하지만 아쉽게도 저는 여기서 돌아가야 할 듯싶네요."

에이단은 마차를 모는 시늉을 하면서 아무렇지 않게 웃으며 말했다.

"마부로 두기엔 아까운 재능이군. 충분히 그 이상으로 유능해 보이는데."

유린 휴가르는 어쩐지 굳은 목소리로 말했다.

아무래도 이곳을 벗어난다는 생각에 지금껏 교단의 가르침으로 눌러왔던 전장의 광인의 이면이 조금씩 기어 나오는 느낌이었다.

"잠시 실례하겠습니다."

카릴은 에이단의 등을 가볍게 치면서 두 사람에게서 떼어놓았다.

"일부러 그랬지?"

"네? 뭐가요?"

낮게 속삭이듯 말했지만 옆구리를 툭 치는 카릴의 모습에 에이단은 씩 웃었다.

"에이……. 그냥 저 둘도 좀 알아두라고 말입니다. 저치들은 아무래도 마스터를 그냥 평범한 상인으로 생각하는 것 같아서 말이죠."

"지금도 충분히 평범한 상인이라고 생각하지 않거든."

"그럼 좀 더 예의 있게 굴어야 하겠죠. 아무리 교단의 사제가 치외법권의 존재들이라고는 하지만 그렇다고 무례가 용서되는 건 아니죠."

황제와의 만남에 저 둘이 있었다는 걸 알지 못하는 에이단으로서는 나름의 배려 아닌 배려였다.

"특히 저 덩치. 아까부터 마스터에게 얘기할 때 보니 말이 짧은데 뭡니까?"

카릴은 그를 바라보며 피식 웃었다. 자신을 생각해 주는 에이단이 그로서는 썩 나쁘지 않았다.

"너 그러다 나중에 저 사제한테 맞는다."

"제가요? 고작 사제한테요? 아시지 않습니까. 저 암연 출신입니다."

카릴의 말에 에이단은 웃으며 손사래를 쳤다.

'응. 근데 저 인간은 광인이거든.'

둘이 붙으면 볼만하겠다는 생각을 하면서도 차마 웃는 그에게 그 말을 하진 못하고 카릴은 그저 고개를 끄덕였다.

"근데 그 기척을 지우는 기술, 명칭이 있나?"

교단을 휘젓고 다닌 덕분일까.

아니면 미하일처럼 따로 수련을 하고 있는 것인지 카릴은 에이단의 실력이 예전보다 더 나아졌다는 걸 느꼈다.

"네. 인보(忍步)라고 합니다. 특정한 걸음걸이에 맞춰 마력으로 존재감을 지우는 거죠. 마법사들의 투명화와는 좀 다릅니다. 그래서 저희는 술법이라고 부르죠."

"마력변형도 그렇고 신체변형술에 인보까지……. 동방국의 기술들은 쓸 만한 게 많네."

"신체변형술을 아십니까?"

카릴의 말에 에이단은 깜짝 놀란 표정으로 되물었다.

"어. 주크가 그걸 쓰고 있는 것 아냐?"

"허……. 언제부터 아셨습니까?"

"처음부터."

물론 전생에 그녀를 만나지 못했더라면 알지 못할 일이었지만 에이단은 그저 카릴의 눈썰미가 대단하다고 생각할 뿐이었다.

"주크에게 했던 말은 빈말이 아니야. 동방국의 주인을 언제 한번 만나면 좋겠는데."

카릴은 동방국의 기술들이 전쟁에서 얼마나 유용한지를 누구보다 잘 알고 있었다.

사이몬 코덴.

신탁전쟁 때 자신을 도왔던 동방국의 주인은 새하얀 피부에 뱀의 비늘처럼 반짝이는 긴 머리칼을 가진 남자였다.

'외모만큼이나 성격도 뱀 같아서 속내를 알 수 없는 녀석이지만 실력만큼은 소드 마스터와 견주어도 꿀리지 않지.'

카릴은 에이단을 바라봤다.

"차라리 교단에 있는 암연의 사람에게 말해볼까? 배신자가 있으니 보내겠다고. 그럼 당장에라도 동방국의 주인과 만날 수 있을 것 같은데."

"……농담은 그만하십시오. 재미없거든요?"

카릴은 에이단의 말에 씨익 웃었다. 그러고는 품 안에서 양피지 하나를 꺼내 그에게 건넸다.

"그래. 실없는 얘기는 여기까지. 이제 일을 해야지. 일단 돌아가면 두샬라에게 물밑작업이 끝났으면 지금부터 계획을 실행해도 된다고 해. 작전의 위험은 없으니 플랜 B로 가도 좋다고 말이지."

"플랜 B요?"

"응. 그렇게 말하면 알 거야."

에이단은 카릴의 말에 고개를 끄덕였다.

타투르를 떠나기 전에 이미 이런 일을 예상하고 각각의 경우에 따라 계획을 나누어 지시를 내려둔 상태였다.

'도대체 계획을 몇 개나 생각해 두신 거야?'

얼마 전 머리 쓰는 것은 적성에 맞지 않는다고 투덜거리던 카릴의 모습을 떠올리며 에이단은 고개를 저었다.

사실, 그는 카릴이 사제들과 함께 잠시 여행을 다녀올 거라는 얘기를 들었을 때 불안했었다.

당장 해야 할 일이 너무 많기 때문이었다.

물론 에이단이 우든 클라우드와 황제라는 두 개의 카드를 동시에 노리고 있는 카릴의 계획을 알 리 없었지만 어쨌든 삼국을 아직 손에 넣지 못한 상황이었으니까.

하지만 카릴의 한마디에 이런 걱정이 기우였다는 것을 깨달았다.

"차라리 이제 검은 두고 정치를 하시는 건 어떠세요? 검술보다 더 잘하실 것 같은데."

"그건 너희가 해야지."

"네?"

"사실 이런 건 나보다 네가 더 잘할걸."

"에이……. 설마요."

에이단은 그의 말에 손을 저으며 웃었다.

하지만 전생에 대륙 최대 규모의 정보 단체인 유성을 이끌었던 자가 바로 그라는 걸 카릴은 잘 알고 있었다.

"그 기술. 쓸 만한 사람 몇 명 추슬러서 익혀두면 좋을 것 같은데."

카릴은 본론을 꺼냈다. 당분간 그를 볼 수 없다는 생각에 다른 사람들처럼 그에게도 해둘 지시가 있었기 때문이다.

"흐음……. 솔직히 말해서 미하일에게 마력변형을 가르쳤던 건 그 녀석이 익히지 못할 거라고 생각해서였습니다."

"그런데 익혀 버렸지. 그것도 너무 쉽게."

"그러니까요. 뭐 그런 괴물 같은 녀석이 있나 싶었기도 했지만 어쨌든 인보를 가르치는 건 좀 어렵습니다. 암연의 허락이 떨어지면 모를까."

"어차피 배신한 마당에 확실히 배신하는 것도 나쁘지 않잖아?"

"그것과는 별개의 문제라서요. 미하일처럼 한 명이면 몰라도……. 대대적으로 훈련하게 되면 타투르는 동방국의 적이 될지도 모르는걸요."

"그렇게 되면 주인과 더 빨리 만날 수 있겠네."

"으……. 농담이라도 그런 말은 하지 마십시오, 마스터."

카릴은 에이단의 말에 피식 웃었다.

'유성의 설립 시기는 사이몬 코덴을 만난 이후로 정해야겠군. 어차피 수안이 각 나라와 지역별로 사람들을 심어두고 있으니까.'

그가 미래를 알고 있다지만 지금까지 그랬듯 미래는 언제든 바뀔 수 있다.

'이미 변한 것들도 있고.'

카릴은 정보의 중요성을 누구보다 잘 알고 있었기에 자신의 세력이 확장됨과 함께 유성의 설립 시기도 곧 다가옴을 느꼈다.

'만약 유성의 맴버들이 모두 암연의 기술을 쓸 수 있게 된다면…….'

전생의 유성과는 비교도 할 수 없는 기동력과 은밀함을 갖출 수 있을 것이다.

"그래. 알겠어. 그건 그럼 나중에 생각하지. 그리고 이것도 가지고 가서 두샬라에게 잘 보관하라고 해. 범선의 수리가 끝난 드워프들에게 보여줘서 혹시 제작이 가능한지까지."

카릴은 조이 요한셀에게 받은 아스칼론의 설계도가 든 상자를 에이단에게 건넸다.

"그런데 이건 두 권으로 되어 있다고 하지 않으셨습니까?"

"맞아."

정원에서 카릴과 조이 요한셀의 대화를 들었던 에이단이 잊지 않고 물었다.

"어차피 시동석이 없으면 작동이 불가능하거든. 이 책의 내용을 보고 드워프들이 가공이 가능한지 불가능한지 판단할 거야. 나머지 상권을 구하는 건 별로 어렵지 않으니까."

유적의 유물을 아무렇지 않게 구할 수 있다고 말하는 카릴을 보며 에이단은 자신도 모르게 낮은 탄성을 질렀다.

"알겠습니다. 결과가 나오면 보고 드리죠."

고서가 든 상자를 챙기고서 에이단은 고개를 끄덕였다.

"그럼 이제 어디로 가십니까?"

"황제와 거래를 하지 않았나. 이제 사제들과 함께 영생의 비법을 찾으러 다녀와야지."

"정말 그런 게 있긴 있습니까?"

에이단은 미심쩍은 표정으로 카릴을 바라봤다.

"글쎄. 드래곤의 레어 정도 되는 곳엔 있지 않을까?"

"네?"

어쩐지 생각을 알 수 없는 묘한 그의 미소를 오랜만에 보는 것 같은 기분.

"저 덩치는 걱정 마. 앞으로 저절로 말이 길어질 테니까."

에이단은 갑자기 남부에서의 일들이 생각났다.

'어후, 엄청 굴리시려나 본데……. 뭔지는 몰라도 제대로 터지겠군. 저런 표정을 지을 때 꼭 큰일을 내시지.'

자신에게 닥칠 고생길을 모르고 그저 밖에 서 있는 두 사람을 바라보며 어쩐지 그 역시 조금 전 카릴과 같은 묘한 미소를 지었다.

"그럼, 타투르에서 보자."

"알겠습니다."

에이단은 고개를 꾸벅 숙였다.

'에이 설마 진짜 드래곤을 치러 가겠어.'

농담처럼 뱉은 카릴의 말을 되뇌며 그는 피식 웃었다.

'하물며 제국도 못하는 일인걸.'

에이단은 꼭 교단에 왔을 때처럼 마치 여행이라도 가는 것처럼 아무렇지 않게 떠나는 카릴의 뒷모습을 바라봤다.

"……아니겠지?"

자꾸만 카릴의 미소가 생각났다.

헤임의 성문을 빠져나간 지 약 2주 뒤, 카릴 일행이 도착한 곳은 항구 도시 피아스타였다.

'흠, 오랜만인걸.'

마차에서 내리고서 찌뿌듯한 몸을 풀기 위해 기지개를 켜며 카릴은 바닷가의 짠 내음을 힘껏 들이마셨다.

"덕분에 편하게 왔습니다. 교단의 권한은 대단하네요."

"변변치 않습니다."

2주 내내 마차를 몬 조이 요한셀은 피곤한 기색도 없이 카릴의 말에 답했다.

하지만 그의 겸손과 달리 제국을 통과해 여기까지 오는 길 동안 몇 개의 관문을 지나쳤지만 조이와 유린의 사제 증명서 덕분에 카릴에 대한 신분 증명은 따로 필요치 않았다. 교단의 제1급 사제가 신분을 보증한다고 하니 병사들은 막을 엄두를 내지 못했다.

"피아스타로 향하는 걸 좀 더 알았다면 차라리 이동 마법진을 써도 됐을 것을."

유린 휴가르는 여전히 고고한 태도를 일관하면 마차에서 내렸다. 항구 도시답게 거대한 수산시장이 열리고 있던지라 그는 도시 전역에 진동하는 비린내가 싫은 듯 로브의 소매로 얼굴을 가렸다.

"이동 마법진을 쓰면 후유증이 심합니다. 며칠은 쉬어줘야 하니까요. 유린 경은 마법 멀미가 괜찮으십니까."

"으음……."

"게다가 헤임에서 여기까지 직항으로 갈 수 있는 마법진이 있는 곳도 어차피 일주일 거리니까요. 크게 다르지 않습니다."

아무렇지 않게 말하지만 카릴은 유린이 마법 멀미가 심하다는 걸 잘 알고 있었다.

덩치에 어울리지 않게 그 옛날 이동 마법을 썼다가 그 자리에서 구토하는 모습을 많이 봤었으니까.

애초에 쓰지도 못할 것인데 괜히 심술을 부리고 있는 거였다.

'솔직히 서펀트를 데리고 올 수 있었다면 수월했을 텐데 말이야.'

카릴은 구릉의 주인인 샌드 서펀트를 타투르에 두고 온 게 아쉬웠다.

'뭐 애초에 불가능한 일이지만.'

함께 데려왔다면 이동은 편했겠지만 너무 눈에 띄었다.

특히 려기사단의 소식을 황제께 꺼낼 때 카릴은 남부와 관련이 없는 척 이야기했었다.

그런데 교단에서 샌드 서펀트를 다루는 자신을 황제가 본다면?

있을 수 없는 일이었다.

"그렇습니다, 스승님. 덕분에 좀 더 친밀해지지 않았습니까.

솔직히 카릴 님께서 마법사의 반열에 오르신 줄은 몰랐습니다."

확실히 여전히 건방지긴 하지만 유린 휴가르가 카릴을 바라보는 눈빛은 헤임을 떠나기 전과는 달라져 있었다.

"별말씀을."

카릴은 조이 요한셀의 말에 별거 아니라는 듯 가볍게 어깨를 으쓱했다.

피아스타를 향하는 여정에서 카릴 일행은 몇몇 산적들을 만났지만 그들에겐 기억에 남을 정도의 일이 아니었다.

그 과정에 조이 요한셀이 카릴을 마법사로 생각한 것은 그가 산적들 상대하는 동안 특기인 검이 아닌 마법을 썼기 때문이었다.

굳이 숨기려고 한 것은 아니지만 카릴은 지금까지 오롯이 마법만으로 싸워본 적이 없다는 생각이 들었다.

마법 경연에서조차 편법 아닌 편법을 썼으니까.

눈앞에 산적, 목숨과 재물을 빼앗으려는 자들. 게다가 유린 휴가르라는 든든한 방패가 있으니 가책 없이 마음껏 마법을 쓸 수 있었다.

"유린 경 덕분에 편했습니다."

"흥……."

심드렁한 모습이었지만 솔직히 마법사의 반열에 오른다는 것 자체가 대단한 일이었다. 마력을 가지고 있는 것과 벽을 허무는 건 하늘과 땅 차이의 문제였다.

태어날 때부터 마력을 가지는 제국인들 중에서도 마법사의 반열에 오르는 자는 극소수니 유린 휴가르가 카릴을 다시 보는 것은 당연한 일이었다.

'저 나이에 4클래스라…….'

검사보다 마법사가 대우를 받는 시대이다 보니 카릴이 검술보다 마력을 보여준 것이 결과적으로 유린을 변하게 만들었다.

'여기서 회귀 이후 처음으로 올리번을 만났었지. 그러고 보니 그 녀석……. 지금 뭘 하고 있을까.'

카릴은 수안 하자르를 빼냈던 감옥에서의 그를 떠올리며 살짝 눈살을 찌푸렸다.

올리번이 궁금한 건 걱정 같은 따뜻한 감정에서 우러나온 것이 아니었다. 전생에서도 이맘때쯤이 되어서야 겨우 저택의 형제들과 말을 트고 예법을 배우기 시작할 때였으니 황자가 뭘 하고 살았는지 알지 못하는 게 당연했다.

'그 녀석…… 바쁘게도 돌아다니던데.'

저택 안에 갇혀 있던 자신과 달리 그는 이미 황위에 오르기 위한 준비를 하고 있었다.

'지금쯤이면 려기사단의 소식이 황궁에 보고 됐을 터. 황제가 잘 막아주겠지.'

당장 군사를 일으킬 수 없다는 걸 알고는 있지만 황제와의 만남은 정말 신의 한 수였다.

'조금이라도 더 권세를 늘리기 위해 황자들이 가만히 있지

않겠지만…….'

특히 자신의 지지 세력인 려기사단의 괴멸은 올리번이 출병하기 좋은 빌미를 제공할 것이다.

하지만 카릴은 그런 걱정이 우스운 것임을 알고 있었다.

타이란 슈테안이 어떤 인물인가.

직접 만나서 겪어도 봤지만 대륙의 명운을 쥐락펴락할 수 있는 유일한 사람이었다.

'늙고 병환이 깊다고는 하지만 아직 어린 자식들에게 휘둘릴 위인은 절대 아냐.'

부담감이 완전히 사라진 지금 카릴은 자신이 계획했던 것 이상으로 자유롭게 대륙을 오갈 수 있게 되었다.

"자, 이제 뭘 할 생각이지?"

유린 휴가르는 한시라도 빨리 비린내 나는 이곳에서 벗어나고 싶은 듯 카릴을 재촉했다.

"따라오십시오."

카릴은 자신 있게 한 곳을 가리키며 발걸음을 옮겼다.

그가 가리킨 곳은 피아스타 안에 상인 조합이 몰려 있는 거리에서 가장 큰 건물이었다.

<라바트 길드>

음각으로 새겨진 팻말이 그들을 반기듯 흔들리고 있었다.

"라바트 길드요? 어휴, 유명하다마다요."

"말도 마십시오. 거기 노예왕이 있는 곳이지 않습니까. 사람들이 모두 그 배를 타려고 난리입니다."

"거기가 세워지고 나서 들어오는 물자도 완전히 달라졌습죠. 솔직히 북부 쪽이나 남부에서 자라는 식자재들은 거기 아니고선 구할 수도 없습니다."

항구 도시에 입점 되어 있는 라바트 길드의 평판은 시장에 있는 어떤 상인에게 물어도 호평 일색이었다.

"삼국에서만 홍한 줄 알았는데 대단하시군요. 이렇게까지 발이 넓으실 줄 몰랐습니다."

"제가 한 게 뭐 있습니까. 유능한 부하들 덕분입니다."

말은 그렇게 해도 카릴은 상인들의 칭찬에 괜스레 기분이 좋아졌다.

'수안 하자르와 캄마가 그동안 일을 잘 처리했나 보군. 특히 캄마, 그 늙은 너구리를 살려둔 게 다행이었군.'

카릴은 지금 이 시각에도 공국에서 고군분투하고 있을 그를 떠올렸다.

'어차피 공국을 지나쳐 가야 하니……. 기회가 되면 그들을 볼 수 있으면 좋겠는데.'

공국에는 캄마뿐만 아니라 수안과 미하일도 있었다. 운이 좋다면 세리카 로렌도 합류했을지 모르는 일이었으니 만약 일 처리가 잘돼서 그들을 데리고 갈 수 있다면 카릴로서는 더할 나위 없이 좋은 일이었다.

"공국? 우리가 공국으로 가는 건가?"

"음……. 그건 아닙니다."

"그럼?"

"황제께서 원하시는 약이 있는 곳은 공국에서 좀 더 위로 가야 합니다."

"으흠……."

유린 휴가르는 그 위에 뭐가 있는지 기억을 더듬어봤다. 그러나 이렇다 할 생각이 나는 곳은 없었다.

왜냐하면, 공국에서 북쪽으로 가봐야 북부의 이민족이 사는 땅이 나올 뿐이었으니까.

"거긴 이단섬멸령으로 이제 폐허나 다름없을 텐데. 거기서 얻을 게 있을까?"

그의 말에 카릴은 가슴이 답답해졌지만 내색하지는 않았다.

다시 시간을 거슬러 올라간다 하더라도 황제의 이단섬멸령을 막을 방법은 없었으니까. 흘러간 역사는 인정할 수밖에.

"네. 폐허인 거기서 얻을 건 없죠."

황제가 당한 독을 가장 잘 아는 것은 북부 이민족 중 하나인 잔나비 부족이지만 유린의 말처럼 굳이 그들을 찾아갈 필요는 없었다.

카릴은 옅은 미소를 지으며 그에게 말했다.

"그보다 더 위입니다. 정확히는 마법회 중 하나인 여명회의 상아탑이 있는 곳보다도 더 위죠."

"네? 상아탑은 대륙 최북부에 있는 곳이잖아요. 그런데 거기보다 더 위라면……."

가만히 듣고 있던 조이 요한셀이 그의 말에 깜짝 놀란 표정으로 말했다.

"준비를 단단히 해서 가야겠네요."

북부의 찬바람은 생각만 해도 몸서리가 쳐질 정도였으니까.

하지만 조이가 추위를 걱정할 때 유린은 반대로 뜨거운 열기를 떠올리며 인상을 구겼다.

"설마…… 화룡의 거처를 가겠다는 건 아니겠지?"

"맞습니다."

"……!!"

아무렇지 않게 고개를 끄덕이는 카릴의 모습에 조이는 경악을 금치 못했다.

그의 벌어진 입을 보며 카릴은 말했다.

"걱정 마십시오. 아시다시피 레드 드래곤인 리세리아는 250년 전에 카이에 에시르에게 사냥당했잖습니까."

과거에는 용사냥이 활발하게 이뤄졌었지만 지금은 달랐다. 현존하는 드래곤이라면 나르 디 마우그를 비롯해서 골드 드래곤 에누마 엘라시, 그린 드래곤 크루아흐, 레드 드래곤 퀴톤 등 몇 마리 남지 않았지만 인류는 그들의 레어를 침범하지 않았다.

또한.

드래곤 역시 인류를 손대지 않았다.

마치 불가침조약처럼 암묵적으로 서로의 영역을 침범하지 않는 이유는 레어 속의 막대한 보물보다 그것을 얻기 위한 피해가 더 크기 때문이었다.

"아무리 빈 레어라 하더라도 그 안으로 들어가는 게 어떤 의미인지 잘 알 텐데."

제국의 개국공신인 카이에 에시르가 사냥했던 리세리아.

그 때문에 비록 북부 너머에 있지만 화룡의 거처는 제국에 의해 관리되고 있었다.

"스승님, 그래도 이미 공략이 끝난 곳이지 않습니까. 게다가 공국과 마찰도 없을 테고……. 차라리 잘된 것 아닐까요?"

"모르는 소리."

조이 요한셀의 말에 유린은 고개를 저었다.

"드래곤의 레어는 여전히 미지의 영역이다. 화룡이 죽은 지 250년이 지났음에도 아직 그곳이 모두 탐사되지 않았으니까."

틀린 말은 아니었다. 실제로 리세리아도 자신의 보물들 중에 몇 가지를 특수한 봉인진으로 숨겨놓았으니까.

그리고 그것들은 지금까지 발견되지 못했다.

'신탁이 내려지기 전까지도 화룡의 거처는 공략되지 못한 채

로 있지.'

레어의 봉인진을 푼 자는 다름 아닌 나르 디 마우그였다.

신탁이 내려지고 파렐 속에서 타락이라는 마물이 쏟아져 나올 때 인류는 강한 무구가 필요했다. 방관하는 다른 드래곤들과 달리 인류의 편에 선 나르 디 마우그가 내놓은 방안이 바로 리세리아의 무구였다.

'아이러니하게도 마법의 극에 도달한 드래곤의 봉인진을 풀기 위해서 필요한 게 신의 힘을 가진 사제였으니……. 지금껏 레어를 공략하는 게 어려웠지.'

교단의 사제들은 유적이나 탐사하지 레어를 터는 행위 같은 건 하지 않으니까.

게다가 평범한 사제가 아닌 마스터급의 사제가 필요했으며 추가로 드래곤만이 가능한 특수한 조건도 충족돼야 했다.

사제는 그렇다 쳐도 사실상 리세리아의 봉인은 인간이 풀 수 있는 것이 아니란 뜻이었다.

'그런데 내가 그 조건을 충족시킬 수 있지.'

용마력을 가지고 있는 카릴은 레어의 열쇠가 되어줄 유린과 조이를 바라보며 흐뭇하게 웃었다.

'아인헤리에서 카이에 에시르가 남겼던 유서를 읽고 생각했던 걸 드디어 하게 되었군.'

게다가 딱히 거짓말도 아니었다. 미명의 해독초인 서슬가시는 뜨거운 열기가 있는 지역에서 동시에 강한 마력이 있는 땅에서만 자라기 때문이었다.

'겸사겸사 그걸 얻으러 가면서…….'

드래곤의 보물 몇 가지도 가지고 나올 요량이었으니 생각만 해도 즐거운 일이었다.

게다가 캄마와 수안이 이미 피아스타에 이 정도로 훌륭한 거점까지 만들어놓았으니 준비는 완벽했다.

카릴은 회귀 이후 모든 여정 중에 지금이 가장 즐거울 것이라고 생각했다.

바로 조금 전까지만 하더라도.

"항구에서 배를 쓰지 못한다니. 그게 말이 되는 소린가?"

"죄송합니다, 마스터. 사실 저희도 그 때문에 어업을 나가지 못해서 미칠 지경입니다."

길드의 관리인은 이미 타투르에서 내려온 지시에 공국으로 가는 배를 구하기 위해 백방으로 노력했다.

'라바트 길드엔 진짜 주인이 있다.'

평범한 고객도 아닌 수안 하자르가 무법항과 피아스타를 오가며 항상 했던 말이었으니까.

그 주인과 관련된 상부의 첫 지시를 이행하지 못했으니 관리인으로서는 난감할 따름이었다.

"이상하군."

"군선이 아닌 이상 지금 해역에 배를 띄우는 건 거의 불가능합니다."

"배가 있는데 나가질 못하다니. 무슨 일이야?"

카릴은 항구에 정박해 있던 배들을 떠올리며 관리인에게 물었다.

"그게……."

관리인은 카릴을 향해 기어들어 가는 목소리로 말했다.

"죄송합니다. 지금이 수왕(水王)의 산란기이기 때문입니다."

대륙을 관통해서 흐르는 거대한 강인 포나인의 주인이라 칭해지는 마물.

"아. 벌써 계절이 그렇게 되었나."

씨 서펀트(Sea Serpent) 수왕은 대부분을 강에 서식하지만 산란기가 되면 바다로 돌아가 알을 낳는다.

"확실히 포나인의 강물은 바다로 이어져 있으니까. 그런 일이라면 자네가 죄송할 게 아니지."

카릴의 말에도 불구하고 관리인은 여전히 고개를 숙이며 말했다.

"죄…… 송……."

"그만. 고갤 들어."

결국, 그는 목소리에 힘을 주었다.

"자네 이름이 뭐지?"

"……후안입니다."

"그래, 후안. 잘 듣게. 마물은 재해와 같은 거다. 이런 일은 탓할 거라면 차라리 그런 괴물을 만든 신을 원망하던지, 아니면 여태껏 서로 눈치싸움을 하느라 토벌도 하지 않은 제국이나 공국을 탓해."

"크음……."

유린 휴가르는 카릴의 말에 낮게 헛기침을 했다. 신을 섬기는 그라도 세상의 마물까지 신의 은총이라고 할 수는 없었으니까.

"그리고 그런 일이라면 걱정 말게."

"네?"

근심 어린 목소리로 말하는 관리인과 달리 그 얘기를 듣던 카릴의 반응은 의외로 덤덤했다.

"내가 괴물들 다루는 덴 일가견이 있거든."

"흐음……."

항구에 정박한 배는 많지만 카릴은 한 가지 문제에 당면했다. 바로 해협으로 나갈 항해사를 구할 수 없다는 것이었다. 버젓이 수왕이 있다는 걸 알면서 녀석의 영역으로 아무렇지 않게 배를 몰 만큼 담력이 있는 자는 항구 도시에서도 찾기 힘들었다.

'이럴 때 수안 하자르가 없는 게 아쉽네.'

서펀트가 서식하는 포나인 강을 숱하게 건넜던 그의 조타술이라면 아무런 문제가 되지 않을 텐데 말이다.

"차라리 군선을 이용하는 것은 어떨까요? 어차피 이 일도 폐하와 관련된 일이니까요."

"으흠."

"피해가든 마주치든 어쨌든 수왕을 대비한다면 길드의 무역선보단 장비가 되어 있는 군선이 나을 것 같은데요."

카릴은 후안이 건네준 도시에 상주하고 있는 선원들의 명단을 훑어보면서 조이 요한셀의 말을 들었다.

나름 열심히 고민을 하고 내놓은 방안.

그는 마치 숙제 검사를 받는 학생처럼 카릴의 대답을 기다렸다.

"저희들이야 좋겠지만 폐하께선 달갑지 않아 하실 것 같은데요."

"네?"

"폐하께서 황위를 정하지도 않은 채로 교단에 오셨습니다. 제 생각엔 아마 극비겠죠. 그사이에 운이 좋게 제가 끼어들었지만."

카릴은 여전히 명단을 넘기면서 눈도 마주치지 않고 말했다.

"왜 그랬을까요? 물론, 제국의 기틀인 폐하의 병환이 깊으시다는 건 알려서 득이 될 일은 없지만 그럼 황자들도 이 사실을 알고 있을까요?"

"그, 글쎄요……."

"그런 와중에 저희가 폐하의 병환을 치유하기 위해 군선을 이용 하겠다? 물론, 폐하께서 힘을 써주실 겁니다. 다른 이유를 만들 수도 있고요. 하지만…… 과연 황자들이 곧이곧대로 믿을까요?"

조이 요한셀은 그의 말에 입을 다물고 말았다.

카릴은 다음 명단을 넘기면서 말했다.

"뭐, 추측일지 모르지만 적어도 홀의 시종과 같은 꼴이 되지 않도록 저희도 행동에 주의를 기울여야죠."

"……."

"제 생각에 폐하는 아직 황자들에게 주고 싶지 않으신가 봅니다. 옥좌를 말이죠."

카릴은 의미심장하게 웃었다.

조이 요한셀은 단 한마디에 이유를 불문하고 목이 떨어졌던 시종을 떠올리며 자신의 목을 쓱 하고 한 번 쓰다듬었다.

잠자코 그의 말을 듣고 있던 유린 휴가르는 살짝 인상을 찡그렸다.

'잘도 거기까지 생각했군. 범상치 않은 녀석이라고는 생각하긴 했지만……'

황제와의 거래 때부터 예의 주시하고 있던 유린은 피아스타에 와서 더욱 자신이 생각했던 것보다 그의 입지가 크다는 걸 느꼈다.

물론.

감춰놓은 것들이 보여준 것보다 훨씬 더 많다는 걸 그가 알 리 없지만.

"그럼 어떻게 하죠?"

조이 요한셀을 걱정스러운 목소리로 카릴에게 물었다. 유린과 달리 그는 첫 만남에서부터 지금의 여행까지 은근히 카릴을 의지하는 느낌이었다.

'유린처럼 황제의 직속 측근은 아닐 테니까. 아무래도 지금까지의 대부분을 유린이 지시했겠지.'

그와 황제와의 사이가 친밀하지 않으면 않을수록 카릴은 자신에게 이득이라고 생각했다.

'유능한 치유사니까. 우리 쪽으로 데리고 올 수 있으면 좋겠지.'

카릴은 앉아 있는 유린 휴가르를 바라봤다.

'저 광인은 좀 생각해 봐야겠지만.'

그렇게 몇 권의 목록을 계속해서 넘기던 카릴의 손이 마지막 한 장에서 멈췄다.

"어떻게 할 생각인지 묻……."

"쉿."

유린이 다시 한번 카릴에게 말을 하려던 찰라 카릴이 검지를 그에게 향하며 조용히 하라는 제스처를 취했다.

순간, 카릴의 눈이 번뜩이면서 입꼬리가 올라갔다.

"찾았다."

“네? 하지만 그 녀석은…….”

길드의 관리인인 후안은 카릴의 말에 난색을 표했다. 무슨 영문인지 알지 못하는 조이와 유린은 그저 상황을 지켜볼 뿐이었다.

“상관없으니 데려오게.”

“알겠습니다.”

카릴의 명령에 얼마가 지나지 않아 후안은 한 소년을 데려왔다.

나이는 기껏해야 아직 앳된 느낌이 가시지 않은 거로 봐서는 카릴보다 서너 살 정도 많아 보였다. 체구도 그다지 크지 않아 더욱 어려 보였다.

유린 휴가르는 고르고 고른 사람이 저런 애송이냐는 표정으로 카릴과 그를 번갈아 바라봤다.

“데려왔습니다.”

하지만 관리인의 옆에서 긴장이 가득한 얼굴로 꾸벅 인사를 하는 소년을 보며 카릴은 만족스러운 표정으로 웃었다.

“칼 맥이라고 합니다.”

“반갑네.”

카릴은 이 어수룩한 사람을 마치 잘 알고 있는 사람처럼 맞이했다.

"보아하니 두 달 전에 우리 길드에 가입했던데."

"네. 요만에서 올라온 지 얼마 되지 않습니다."

요만은 제국 북동부에 위치한 작은 마을이었다. 주민도 500명을 넘지 않을 정도니 그곳을 아는 사람보다 모르는 사람이 더 많을 정도의 시골이었다.

"촌구석 출신이군."

다행히 헤임과 멀지 않은 곳에 위치한 마을인지라 유린 휴가르는 요만에 대해서 알고 있었다.

"그러게. 멀리서 왔군. 그런데 피아스타에 다른 길드들도 많을 텐데 어째서 우리 길드를 택했지?"

마치 면접을 보는 것처럼 카릴은 그에게 이것저것 물어보기 시작했다.

하지만 그는 마치 어떤 질문에도 미리 대답이 준비되어 있는 것처럼 막힘없이 말했다.

"가장 유명하니까요. 물론, 항구 도시에 더 오래되고 유서 깊은 길드들은 많지만 라바트 길드가 있는 한 그들은 더 이상 커지지 못할 겁니다."

"왜? 아직 우리보다 더 큰 길드가 많은데. 티만나 길드라든지 아누쉬 길드 등은 단순히 상인이 아니라 모험가 길드까지 같이하고 있으니까. 용병과 자유 마법사들에게 얼마나 가치가 있는지 알 텐데?"

"그래서 안 된다는 겁니다."

"음?"

"너무 눈에 띄거든요. 무력과 부, 길드는 이 두 가지를 한꺼번에 가지면 안 됩니다. 그 둘을 모두 가져도 되는 건 왕국뿐이니까요."

카릴은 그의 대답에 재미있다는 듯 바라봤다.

"게다가 라바트 길드는 이곳의 다른 상인들에겐 뜨거운 감자니까요. 적도 많지만 오히려 이런 곳이야말로 정체되어 있는 길드들보다 훨씬 더 빠르게 치고 올라갈 수 있을 거라고 생각했습니다."

"도박이군."

"가능성 높은 도박이니까요."

"스스로 선택했다?"

"네."

카릴은 항구 도시의 항해사들 명단에서 라바트 길드의 신출내기를 봤을 때 자신도 모르게 소름이 돋았다.

칼 맥.

후에 대륙의 모든 상권을 쥐락펴락하게 될 제국 7강 중 한 명. 바로, '맥 마이스터'라는 이름을 가지게 될 사람이었으니까.

누가 알겠는가. 그런 대단한 사람이 지금 자신이 만든 길드의 말단에 있을 줄이야.

칼 맥을 여기서 만날 거라고는 솔직히 카릴도 예상하지 못한 일이었다.

'내가 만든 미래의 결과.'

만약 그가 라바트 길드를 설립하지 않았더라면 지금쯤 칼 맥은 전생에서 그랬던 것처럼 피아스타의 다른 길드에서 일하고 있었을 테니까.

캄마와 수안 하자르도 뛰어나지만 거기에 맥 마이스터의 능력이라면 라바트 길드는 순식간에 대륙 정상으로 급부상하게 될 것이다.

'칼 맥은 우리 길드의 성장력을 꿰뚫어 본 거야.'

날카로운 통찰력을 가졌으며 과감한 도전 정신은 이미 그가 상인으로서의 능력이 빛을 발하기 시작했다는 것을 의미했다.

'하지만 또 하나 중요한 건 그가 뛰어난 항해사라는 것.'

무역으로 상권을 휘어잡았던 맥 마이스터의 항해술은 수안 하자르와는 또 달랐다.

거친 파도와 풍랑을 뚫는 수안이 조타술의 일인자라면 칼 맥은 수많은 항로 중에 가장 빠른 항로를 찾아 최적의 루트 개설하는 항해와 측량의 달인이었기 때문이다.

"칼, 네게 부탁하고 싶은 게 있다. 우리는 지금부터 해협으로 나가야 한다. 네가 우리의 배를 몰 수 있겠나?"

"해협이라……. 지금은 수왕의 산란기지 않습니까? 다른 배들도 그래서 바다로 나가지 못하고 있다고 들었습니다만."

"하지만 나가야 해. 적어도 공국까지만이라도 갈 수 있으면 좋겠는데."

"육지로 가는 것은 어떻습니까."

"너무 시간이 걸려. 제국의 영토가 아니기 때문에 이동 마법진을 쓸 수도 없고 말이야."

"으흠……."

카릴은 그가 어떤 방법으로라도 해결책을 찾을 것이라고 생각했다.

"급한 일인가요?"

"빠르면 빠를수록 좋지. 무슨 일이든."

"그렇죠. 침대에서만 빼고요."

칼 맥은 장난스럽게 카릴을 가리키는 손가락을 끄덕이면서 말했다.

"무슨 방법이든 공국까지만 가시면 됩니까?"

그리고 카릴의 예상대로 칼 맥은 장난스러운 얼굴에서 묘한 미소를 띠며 그에게 물었다.

"물론."

"배는 하워드호를 쓰겠습니다."

"에…… 에엑?!"

길드의 관리자인 후안은 칼 맥의 말에 놀란 표정을 지었다. 가격도 가격이지만 라바트 길드에서 그걸 쓸 수 있는 사람은 오직 한 명뿐이었다.

크기는 작았지만 사용된 목재에서부터 부품 하나하나까지

공을 들인 작품인 하워드호는 수안이 포나인 강을 건너 무법항을 오가기 위해 특별히 고안한 것이었다.

과거, 제도왕(諸島王)이라 불렸던 넬슨 하워드의 성을 따서 지은 이름이었다.

"지도랑 육분의 그리고 이번 달 날씨를 기록한 기록계하고 해협의 몬스터가 표시되어 있는 자료까지 필요합니다."

카릴은 기다렸다는 듯 말했다.

"다 준비되어 있다. 후안, 하워드호를 준비시켜."

"아, 알겠습니다."

"그리고……."

칼 맥은 카릴과의 첫 만남을 놓치지 않았다.

"이 임무를 완수하게 되면 저도 타투르로 데려가 주십시오, 마스터."

거래란 이익을 내기 위한 것.

건방지게도 시골 촌뜨기였던 그는 이미 상인으로서의 모습으로 카릴에게 말하고 있었다.

생의 첫 거래 물품으로 자신의 재능을 내걸었으니까.

"그건 네가 어떻게 하느냐에 달렸겠지. 항로를 찾는 데 얼마나 걸리지?"

"3시간이면 충분합니다."

"……!!"

피아스타에 있는 그 어떤 항해사도 수왕을 피해 공국으로 갈 수 있는 길을 찾지 못했었다.

'그런 일을 고작 3시간에?'

카릴은 그의 말에 자신도 모르게 가볍게 몸을 떨었다.

수안 하자르, 미하일, 에이단 하밀…….

재능을 꽃피우기 시작하는 자를 보는 것은 언제나 설레는 일이 아닐 수 없었다.

촤르륵!!

칼 맥은 테이블 위에 지도를 펼쳤다. 그러고는 한 손으로 턱을 잡고 반대 팔로 팔짱을 낀 채로 지도를 응시했다.

"공국까지 일반 항로를 타고 가면 보통 두 달이 걸리니까……."

천천히 고개를 끄덕이며 자신만만한 목소리로 말했다.

"한 달 안으로 끊어드리죠."

"이, 이건……. 미친 짓이야!!"

촤아아악! 촤악--!!

돛을 쫙 펴고 바람을 타고 바다를 질주하는 하워드호가 시원하게 파도를 뚫었다.

"수왕을 피해 바다를 건너랬지 누가 제 발로 자살을 하러 가자고 그랬어!!"

굉음과 같은 파도 소리를 뚫고 유린 하가르의 목소리가 바다에 울렸다.

"긴장돼요?"

"……뭐?"

"긴장되면 튜브를 타고 돌아가시던가요."

"아니, 이 새ㄲ……."

잡아먹을 듯 노려보는 유린은 차마 튀어나오는 단어를 사제로서 입에 담을 수 없어 화를 삭이는 듯 주먹을 부르르 떨었다.

옆에 서 있던 조이 요한셀이 어색하게 웃으면서 그를 다독였다.

"이래서 말 안 한 거예요."

칼 맥은 출발하고 보름이 지날 때까지도 세 사람에게 말하지 않았다.

의아한 두 사람과 달리 카릴은 그 어떤 물음도 하지 않고 출항을 시켰다.

"그렇군."

그리고 지금도 마찬가지였다.

칼은 자신이 숨겨 놨던 행선지를 말했을 때 카릴의 반응이 기대했던 것과 달라 도리어 놀란 표정이었다.

'뭐야……. 반응이 뭐 저래.'

오히려 유린 휴가르의 반응이 예상했던 모습이었다.

뱃머리가 향한 곳은 당초의 목적지인 공국과는 전혀 상관없는 방향이었으니까.

톡- 톡-

"이런 발상은 나도 못했어."

카릴은 펼쳐진 지도에 칼 맥이 말한 목적지를 손가락으로 두들기며 그를 바라봤다.

그러고는 만족스러운 미소를 지으며 말했다.

"괴물로 괴물을 잡는다……. 재밌겠는데?"

"여기서부터 암초 지역입니다. 모두 꽉 잡고 계세요!"

"해무(海霧)가 시작됐다. 모두 피할 수 있겠어?"

카릴은 자욱하게 끼기 시작한 해상의 안개를 바라보며 칼 맥에게 말했다.

습한 공기에 코끝을 손등으로 쓸면서 칼은 대답했다.

"어차피 안개는 상관없습니다. 사실 저도 이 정도로 먼바다에 나와 본 건 처음이라…… 부디 지도가 틀리지 않길 바라야죠."

그는 장난스럽게 말했지만 지도에 표시되어 있는 암초들의 위치를 이미 머릿속으로 모두 외우고 있다는 것만으로도 엄청난 일이었다.

'보면 볼수록 놀랍군.'

며칠간 항해를 하면서 이따금 카릴은 칼 맥의 배를 모는 기술에서 특이한 점을 볼 수 있었다.

'이런 식으로도 배를 몰 수 있을 줄이야. 하긴, 올리번의 특작 부대 중 하나였던 수안 하자르의 배는 타봤어도 맥 마이스터의 배는 한 번도 타본 적이 없었으니까.'

전생의 역사에서 가장 이름을 날린 배라면 뭐니 뭐니 해도 교도 용병단의 비공정과 수안 하자르의 마도범선 일 것이다.

하지만 하늘을 나는 배를 제외하고 인류가 만든 배 중 신탁 전쟁에서까지 활약한 것이 다름 아닌 골든 마이스터의 금빛 해일(Golden Surge)일 것이다.

끼릭- 끼리릭--!!

촤르륵--!!

칼 맥은 안개 속에서 한 치의 망설임도 없이 배의 키를 좌우로 있는 힘껏 돌렸다.

그는 바다를 보고 배를 모는 게 아니라 마치 이미 출항 전부터 머릿속에 집어넣은 지도에 맞춰서 한 박자 빠르게 조타했다.

콰드드득……!!

마지막으로 그가 키를 꺾었을 때 배가 크게 요동치며 바닥이 갈리는 소리가 들렸다.

"암초인가?!"

배의 난간을 붙잡고 조이 요한셀이 소리쳤다. 지도에 나와 있는 정보를 모두 외우고 있지만 바다는 언제나 변하게 마련이니까.

"아뇨."

하지만 칼 맥은 고개를 저었다.

"바위에 긁히는 소리가 아니었어요. 오히려 이빨같이 날카로운 것으로 선체의 바닥을 뜯어내는 거라면 모를까."

"설마……."

그때였다.

부글…… 부글…….

자욱하게 깔렸던 해무가 서서히 걷히자 마치 바닷물이 끓는 것처럼 기포가 생기기 시작했다.

카닥! 카닥-! 카가가각-!

이빨을 서로 부딪치는 것처럼 딱딱한 충격음이 들리더니 끓어오르는 바닷속의 물결이 세차게 요동치기 시작했다.

"호른 피라냐(Horn Piranha)……!!"

유린 휴가르는 배 밑바닥에서 치고 올라오는 수십 마리의 거대한 물고기 떼를 보며 소리쳤다.

보통 알고 있는 강에 서식하는 식인 물고기와는 전혀 달랐다. 거의 다 자란 상어와 비슷한 크기에 머리에는 날카로운 뿔이 돋아나 있었다. 녀석들의 뿔과 이빨이 부딪힐 때마다 배가 휘청거리면서 흔들렸다.

"도착했다는 증거지."

몬스터에게 둘러싸인 상태에서도 카릴은 담담한 목소리로 말했다.

"거요(巨妖)의 군도."

스으응-

카릴은 검을 뽑아 한 곳을 가리키며 말했다.

"칼 맥, 배를 저쪽으로 몰아. 다섯 번째 바위 안쪽에 작은 구멍이 있다. 그 안으로 뱃머리를 집어넣어."

"에? 그런 게 있었나요?"

"넌 모를 거야. 지도에는 나와 있지 않은 거니까."

눈을 동그랗게 뜨고 자신을 바라보는 칼 맥을 향해 카릴은 말했다.

"지도는 훌륭한 지표지만 맹신해서는 안 되지. 걱정 마. 몇 년만 지나면 너의 지도 항해술은 몰라보게 향상될 테니. 아무 생각하지 말고 배를 밀어 넣어."

"네? 아, 네."

지도를 보고 예측 항해를 하는 자신의 특기를 꿰뚫어 보고 있는 카릴의 말에 칼 맥은 고개를 끄덕이고는 심호흡을 한 번 하고서 배를 몰았다.

촤아아악……!!

"이거…… 괜찮을까요?"

질주하는 하워드호의 갑판 위까지 튀어 오르며 배를 두들기는 호른 피라냐 떼를 바라보며 조이 요한셀을 불안한 듯 물었다.

"애초에 하워드호는 포나인을 건너기 위해서 만들어진 배니까. 게다가 지금 부서지면 정작 공국으로 가기도 전에 물귀신이 될 텐데 버텨줘야죠."

"그, 그러네요."

조이 요한셀은 아무렇지 않게 말하는 카릴이 모습에 자신도 모르게 목을 쓱 하고 쓰다듬었다.

"그리고 우리 진짜 목표는 이런 녀석들이 아니니까요. 꽉 잡으세요!!"

"진짜 목표……?"

카릴이 가리킨 다섯 번째 바위가 보이는 순간 칼 맥은 있는 힘껏 키를 꺾었다. 하워드호가 크게 휘청거리면서 뱃머리가 틀어지자 새하얀 물결이 바위에 튀었다.

"흠……."

유린은 머리통만 한 메이스를 양손으로 쥐고서 전투 자세를 취했다.

"유린, 다 좋은데 갑판은 부수면 안 됩니다."

한 번도 스승이 싸우는 모습을 본 적이 없는 조이는 카릴의 말의 뜻을 이해하지 못한 듯 바라봤다.

"노력해 보지."

그러나 말과 달리 유린은 어쩐지 기대하고 있는 모습이었다.

"흐아아압!!"

말이 떨어지기가 무섭게 배 위로 튀어 오르는 호른 피라냐를 향해 유린은 몸을 숙이며 있는 힘껏 메이스를 휘둘렀다.

퍼억-!!

둔탁한 소리와 함께 피라냐의 머리통이 부서지다 못해 터지는 것처럼 산산조각이 났다.

"……."

자신의 얼굴에 튄 몬스터의 살점을 쓱 닦아 내며 다음 몬스터를 향해 달려가는 유린의 모습을 보며 조이는 할 말을 잃은 듯 멍해졌다.

“칼, 넌 들어가 있어. 마무리되면 말할 테니. 바로 배를 몰 준비를 하고 있어야 하잖아.”

“제 계획을 다 아셨군요?”

카릴은 대답 대신 낮게 웃으며 달려드는 피라냐를 향해 검을 휘둘렀다.

“율라(Yula)의 축복이 있으리.”

조이 요한셀이 목에 걸고 있던 로자리오를 풀어 성호를 그으며 합장을 하듯 두 손을 모으자 그의 주위로 옅은 우유색의 빛이 뿜어져 나왔다.

“아그누스(Agnus).”

흘러나온 빛이 카릴과 유린의 몸을 감쌌다. 빛이 몸 안에 스며들자 카릴은 몸이 가벼워지는 기분을 느낄 수 있었다. 지금 자신이 걸고 있는 마법 버프와 다른 느낌.

‘유린의 제자라서 그보다 뒤떨어질 거라고 생각했는데 전투력은 몰라도 신성력은 그와 동급에 가깝겠는걸.’

아그누스는 일정 시간 동안 모든 신체 능력을 향상시켜 주는 사제의 버프였다. 효과는 탁월하지만 사제들의 마력이라고 할 수 있는 신성력의 소모가 커서 고위급 치유사라도 다수에게 시전하는 것은 힘든 일이었다.

“조이, 내게도 기도를 한 거냐. 나는 필요 없다.”

“보조는 제가 맡겠습니다. 스승님께서는 전쟁의 기도에 집중하십시오."

두 사람과 달리 전투술이 달리는 그였지만 갖은 유적 탐사로 자신이 해야 할 일이 무엇인지 확실히 알고 있는 것 같았다.

"그것도 나쁘지 않지."

콰득-!!

제자의 성장에 기뻐하는 걸까.

유린은 또 다른 호른 피라냐의 머리를 질끈 밟아 뭉개면서 말했다.

"율라(Yula)의 기쁨이 있으리."

그의 기도문이 시전되자 피라냐의 피를 머금고 있는 메이스에서 그보다 더 붉은 핏빛의 광채가 피어올랐다. 그 붉은빛이 어찌나 잘 어울리는지 광인(狂人)이라는 별명이 자연스럽게 떠올랐다.

만약 이곳이 전쟁터였다면 그의 모습을 본 적들은 겁에 질렸을 것이다.

하지만 마물은 두려움이나 공포를 느끼지 못한다. 자신의 영역을 침범한 적을 향해 그저 불나방처럼 달려들 뿐이었다.

"크아아아!!"

유린이 갑판 위로 쏟아지는 피라냐들을 향해 달려들었다.

타닥-!

탕! 탕!!

타다닥-!!

그의 팔과 다리를 노리며 마물들이 날카로운 이빨을 들이밀었지만 조이의 보호막에 가로막혀 녀석들은 유린의 몸에 닿기도 전에 튕겨 나갔다.

'흠.'

카릴은 재빨리 조타실의 지붕 위로 올라갔다.

여정을 시작하면서 그는 항상 전위를 유린에게 맡겼다. 전투 사제로서 그의 능력이 뛰어난 것도 있지만 카릴은 수안의 부재로 지금껏 마음 편하게 앞을 맡길 사람이 없었기 때문이기도 했다.

'덕분에 마음 편히 써볼 수 있겠군.'

비전술(秘傳術).

카릴의 양손에서 전격이 번뜩였다. 일반적인 뇌 속성의 마법과는 다른 보랏빛의 스파크였다.

'배에 맞으면 위험하겠지.'

마음껏 몬스터 떼의 중심에서 메이스를 휘두르고 있는 유린을 보며 카릴은 갑판 위로 튀어 오르는 호른 피라냐가 있는 바다로 시선을 돌렸다.

'아케인 블레이드(Arcane Blade)를 완성하기 위해서는 내가 비전력을 컨트롤할 수 있어야 한다.'

카릴은 검을 익힐 때와 마찬가지로 성장을 위해서 가장 효율적인 것은 실전이라고 생각했다.

숱한 전장. 피비린내와 굉음 그리고 비명 속에서 살기 위해 검을 휘둘렀기에 그는 경지에 오를 수 있었으니까.

'마법 역시 마찬가지.'

파지지직……!!

지금껏 마력 그 자체의 힘만을 운용했던 것과 달리 비전술은 섬세한 컨트롤이 필요했다.

'마력을 조금 더 길게……. 그리고 가닥의 수를 증가시킨다.'

카릴의 열 손가락에서 마치 실처럼 마력의 줄기가 실타래처럼 흘러나오기 시작했다. 알른 자비우스의 기억 속에서 비전술을 연마하는 방법이었다.

"큭!!"

그러나 마력의 실이 서로 닿을 때마다 카릴은 자신의 의지와 상관없이 아찔한 통증과 함께 손가락이 튕겨 나가듯 꺾였다.

카르르르--!!

카릴을 향해 호른 피라냐가 뿔을 세워 달려들었다.

"조심!!"

조이의 외침과 동시에 유린 휴가르가 있는 힘껏 뛰어올라 메이스를 휘둘렀다.

콰직……!!

피라냐의 껍질이 사방으로 튀고 살점들이 카릴에게 튀었다. 하지만 뛰어든 몬스터는 한 마리가 아니었다.

"이 새끼들이!!"

사제의 입에서 욕지거리가 튀어나왔지만 그 누구도 뭐라 할 수 없었다.

날카로운 이빨이 유린의 팔에 박혔다.

자신의 팔을 물고서 파닥거리는 피라냐를 손으로 뜯어 바닥에 내팽개치면서 유린은 소리쳤다.

"아직 멀었나!!"

그 순간.

카릴의 두 눈의 동공에 빗살무늬와 같은 보랏빛 금들이 일순간 나타났다 사라졌다.

콰드드드드득-!!

그의 손에서 터져 나오는 마력이 순식간에 커지면서 서로 엮여 그물처럼 펼쳐졌다.

치이이익!!

비전 사슬이 바닷물에 닿는 순간 기름에 물을 부은 것처럼 요란한 소리와 함께 새하얀 증기가 솟구쳐 올랐다.

마치.

조금 전 해무가 다시 나타난 것 같은 느낌이었다.

키륵!! 크르륵!!

카라락……!!

고통에 찬 호른 피라냐의 비명이 사방으로 울려 퍼졌고 일행이 서 있는 뱃머리가 비전 사슬에 크게 휘청거렸다.

"우악……!!"

조이 요한셀은 자신도 모르게 귀를 막으며 소리쳤다.

"……."

유린은 피라냐의 살이 타들어 가는 고약한 냄새에 로브의 옷깃으로 코를 막으며 생각했다.

'저 나이에 저런 마법을……? 마법사의 반열에 오른 것만으로도 대단한데 지금껏 봐왔던 마법 운용과는 전혀 다르다. 스승이 누구지.'

천 년 전.

대마도사라 칭송받은 카이에 에시르를 뛰어넘는 진짜 대마도사가 카릴의 스승이라는 걸 그가 알 리 없었다.

'어렵네.'

카릴은 얼얼한 두 손을 펼쳤다.

마력의 위력만큼 그의 손바닥 역시 불에 그슬린 것처럼 성할 리가 없었다.

"후우……."

애초에 비전술이란 능력 자체가 마법사의 반열 정도는 한참 뛰어넘은 뒤에 정립한 것이니 초기 수련법이라고 해도 카릴로선 이게 최선이었다.

쿵-!!

새하얀 연기가 걷히려는 순간.

"……!!"

아슬아슬하게 유린의 얼굴을 종이 한 장 차이로 스치듯 지나가며 단검이 뱃머리에 박혔다.

퍼덕, 퍼덕.

즈즈즉……!!

단검에 박힌 피라냐가 부르르 떨더니 검날에서 흘러나오는 마력에 타들어 가는 것처럼 시커먼 연기를 뿜으며 죽었다.

'역시 이게 편하긴 하네.'

카릴은 피식 웃으며 가볍게 지붕 위에서 내려와 박힌 아그넬을 뽑았다.

"……."

유린은 생생하게 느껴진 검풍에 얼굴이 얼얼한 느낌이었다.

"검도 쓸 줄 아나?"

단검을 뽑는 카릴을 향해 물었다.

단순히 마법사라고 생각했던 카릴의 예사롭지 않은 모습에 유린은 살짝 눈을 흘기며 그를 바라봤다.

'제대로 검을 쓰는 모습은 못 봤는데……. 그냥 단검술만 익힌 건가. 아니면…….'

콧등을 쓱 하고 만지면서 그는 카릴에게서 눈을 떼지 않았다.

"우와……."

호른 피라냐의 시체들이 바다 위로 둥둥 떠올랐다. 순식간에 바다가 붉게 물들었다.

조타실에서 세 사람의 전투를 지켜보던 칼 맥은 넋을 잃은 듯 입을 다물지 못했다.

'설마 했는데 이건 예상보다 더 대단하네.'

칼 맥은 항로를 처음 얘기했을 때 카릴이 자신만만했던 이유를 이제는 알 수 있을 것 같았다.

'운이 아니라 실력을 믿고 있었구나.'

수왕의 영역을 뚫기 위해 선택한 극약처방이었지만 이 정도라면 정말 자신의 계획을 성공시킬 수 있을 것 같다는 생각.

"두 사람 다 준비하세요."

카릴은 뱃머리에 걸터앉으며 조이와 유린을 향해 말했다.

"……뭐?"

"이제부터 시작이니까. 공국으로 가야 할 우리가 어째서 엄한 군도에 왔겠습니까. 안 그래? 칼."

그의 말에 칼 맥은 천천히 고개를 끄덕이고는 손가락을 동그랗게 말며 말했다.

"네. 호른 피라냐는 그놈을 부를 미끼니까요."

"미끼요?"

조이 요한셀은 두 사람의 계획을 가늠하지 못한 듯 되물었다.

쿠…… 쿠르르르르…….

그 순간 잠잠했던 파도가 다시금 일렁이기 시작했다. 마치 지진이라도 난 것처럼 바다에서 들을 수 없는 땅이 흔들리는 소리가 들렸다.

거요의 군도.

처음 이 군도를 발견한 자가 동방국의 한 모험가였기에 옛 동방어를 따서 이름을 붙였다.

크아아아아아--!!

거대한 포효와 함께 파도가 솟구치면서 배가 일순간 하늘을 나는 것처럼 높게 솟아오르더니 떨어졌다.

"……!!"

모두의 시선이 한곳으로 쏠렸다.

거요(巨妖)란…….

조이 요한셀은 갑자기 드리워진 어둠을 바라보며 옛 동방어의 뜻을 소리쳤다.

"크, 크라켄……?!!"

카릴은 기다렸다는 듯 칼 맥을 향해 손짓했다. 바다에 뿌려진 피라냐의 피 냄새를 맡고 군도의 주인이 모습을 드러낸 것이었다.

"진짜 목적은 저 녀석이니까. 수왕을 낚을 미끼. 놈을 데리고 수왕이 있는 곳까지 가야 합니다."

"……네에?"

조이는 크라켄을 봤을 때보다 더 놀란 눈으로 카릴을 향해 소리쳤다.

"칼."

그 순간.

이미 피라냐 사냥에 돌입하기 전에 서로의 의도를 확인했던 칼은 카릴의 말이 떨어지자마자 재빨리 조타실로 들어가며 소리쳤다.

"지금보다 더 거칠 겁니다. 꽉 잡으세요!!"

끼리리릭……!!

칼 맥은 있는 힘껏 키를 돌렸다.

크아아아아--!!

크라켄의 포효가 다시 들렸다. 키를 잡은 두 손에 송골송골 땀이 맺혀 있었다. 선미의 닿을 정도로 가깝게 다가온 몬스터로 인한 긴장이라기보다는 조금 전 전투 모습을 보고 느낀 고양감에서 오는 땀이었다.

"하, 하하……."

온몸이 찌릿찌릿한 기분이었다. 목숨이 왔다 갔다 하는 순간임에도 불구하고 그의 입꼬리가 자신도 모르게 씰룩거리며 올라가고 있었다.

전생의 그도 겪어보지 못했을 경험.

어쩌면 지금 그는 이 상황 속에서 되려 카릴을 따라온 것에 감사하고 있을지도 모른다.

"저놈도 미친놈이야……."

유린 휴가르는 조금 전 뱃머리에 박혔던 피라냐를 발로 짓이기고는 칼 맥을 바라보며 중얼거렸다.

▶Chapter 2◀

"저 녀석이 끝까지 따라올까요?"

조이 요한셀은 배의 뒤를 바짝 쫓아오는 크라켄을 바라보며 말했다.

칼 맥은 대양을 가로지르면서 신들린 항해술로 아슬아슬하게 몬스터와의 거리를 유지하고 있었다.

짐짓 위험할 수도 있는 상황에서 천운인지 아니면 그조차 계획된 것인지 기가 막힌 타이밍에 순풍까지 불어주고 있었다.

"아마도요. 크라켄은 한 번 찍은 먹잇감은 절대로 포기하지 않으니까요. 괜히 녀석을 바다의 주인이라고 부르는 게 아니죠."

크라켄은 대부분 자신의 영역인 거요의 군도에 있지만 사실상 대륙을 제외한 바다 전역을 누빈다고 할 수 있었다.

"정말 말도 안 되는 발상이군……. 아무리 수왕이라 할지라도 바다의 주인에겐 결국 자신의 영역을 침범한 방해꾼일 테니."

유린 휴가르는 낮은 목소리로 말했다.

"포나인에 서식하고는 있지만 사실 씨 서펀트도 마물 도감에는 해양 몬스터로 등재되어 있으니까요. 지금까지 서로의 영역을 침범하지 않았지만…… 이거 진짜 수왕과 해왕의 대결인데요?"

반면 조이 요한셀은 칼의 계획을 듣고 난 뒤 어쩐지 조금은 설레는 표정이었다.

"공국으로 가는 길을 막고 있는 수왕과 크라켄을 서로 충돌시켜 싸우게 한 다음 그 틈을 노려 바다를 건넌다……."

앞으로 일어날 두 괴수의 전투보다 유린은 오히려 어떻게 그 짧은 시간에 황당하지만 기발한 생각을 한 칼에게 더 관심이 생겼다.

'산란기 때에는 더 포악해지지만 대신 둥지를 벗어나지 않는 수왕의 특성이나 바다 전체를 이동하는 크라켄의 습성을 노린 결과야. 만약 반대가 되었다면 성공하지 못할 계획이었겠지.'

유린은 칼이 어린 나이임에도 불구하고 중요한 요소를 꿰뚫는 눈을 가졌다고 생각했다.

'그때 그 마부란 녀석도 그렇고 주위에 있는 자들이 모두 범상치 않아.'

하지만 가장 의뭉스러운 것은 단연 카릴이었다.

그런 생각을 하자 괜스레 코끝이 간지러워지는 기분이라 유린은 다시 한번 콧등을 쓸어내렸다.

조금 전 전투가 무색하리만치 잠잠한 바다를 보며 그가 말했다.

"뒤에 괴물을 달고 있는 덕분에 우습지만 나름의 장점도 있군."

유린은 조타실에 있는 칼을 가리키며 말했다.

"저 녀석이 공국까지 한 달 안으로 끊겠다고 자신만만하게 말한 이유를 알겠어."

그의 말에 카릴은 고개를 끄덕였다.

군도를 빠져나온 뒤로 아이러니하게도 크라켄 덕분에 하워드호 주변으로 더 이상 그 어떤 몬스터도 접근하지 못했기 때문이다.

"원래대로면 공국까지 가는 루트는 포이즌 피쉬라든지 바위크랩, 갑충 해마 같은 마물들의 서식지를 피해서 둘러 가는 게 보통이니……."

하지만 지금은 그럴 필요 없이 일직선으로 공국을 향해 배를 몰고 있었다.

"편하군."

유린은 크라켄을 바라봤다.

'수왕의 산란지가 공국으로 가는 길목만 아니었으면 이대로 쭉 갔을 텐데.'

"그렇게 했다가는 라바트 길드는 물론이거니와 저희들은 공국에 몰살당할지도 모릅니다."

"어? 아아……. 그도 그렇군."

마치 자신의 생각을 꿰뚫어 본 듯 대답하는 카릴의 모습에 유린 휴가르는 머쓱한 얼굴로 말했다.

"후아……!!"

부들부들 떨리는 손으로 키를 잡고 있는 칼 맥은 조이의 축복 마법을 받으면서 참았던 숨을 토해냈다.

"조금만 버텨."

"하, 하하……. 걱정 마십시오, 마스터."

칼 맥은 카릴의 말에 힘겹게 웃으면서 대답했다. 그의 얼굴엔 피곤한 기색이 역력했다.

"솔직히 이 정도도 대단한 겁니다. 벌써 나흘째예요."

"사제님께서 마법을 걸어주셔서 괜찮습니다."

"하지만……."

조이 요한셀은 칼 맥을 걱정스러운 눈빛으로 바라봤다.

"체력의 문제가 아니니까요. 정신력의 문제니까. 평범한 사람이라면 이미 나가떨어졌을 겁니다."

"자신이 스스로 선택한 일입니다."

"냉정하시네요. 카릴 님은 가끔 보기와 다르게 차가우실 때가 있습니다."

팔짱을 낀 채로 벽에 기대어 있던 카릴은 조이의 말에 고개를 들었다.

"보기와 다르게요……. 그건 나이의 어림에 대한 잣대입니까? 칼을 대신할 방안이 있다면 저 역시 그랬을 겁니다. 지금 조이 경의 말은 결코 위로가 아닙니다."

냉정한 그의 모습에 조이는 입을 다물었다.

"오히려 칼을 지치게 할 뿐이죠. 칼, 수왕의 서식지까지 이제 얼마 남지 않았다. 집중해. 너에게 우리 셋의 목숨이 달려 있다는 걸 명심해."

목숨이 오가는 전장에선 어설픈 위로보다 오히려 압박이 더 집중력을 높이는 방법이라는 걸 카릴은 오랜 경험을 통해서 알고 있었다.

"명심하겠습니다."

칼은 그의 말에 고개를 끄덕이고는 키를 잡은 손에 힘을 주었다.

"……."

하지만 전쟁을 경험해 보지 못한 조이는 그런 카릴의 행동이 아직은 못마땅해 보였다.

촤악…… 촤아악…….

츠즈즈즈…….

그렇게 얼마나 배를 몰았을까. 귓가에 지겹도록 맴돌았던 뱃머리에 파도가 부딪히는 소리가 서서히 잦아들기 시작했다.

"하아……. 하아……."

눈동자의 혈관이 다 터져나가 붉은 눈이 된 칼은 마지막으로 키를 꺾었다.

끼릭- 끼릭-

지금까지와는 다르다. 시원하게 질주하던 범선이 움직이지 않았다.

이유는 간단했다.

"파도가…… 멈췄다?"

조이 요한셀은 마치 호수 위에 떠 있는 것처럼 물결 하나 없이 잠잠해진 바다를 바라보며 낮은 목소리로 중얼거렸다.

하지만 그의 혼잣말조차 정적 속에선 무척이나 크게 들려 사람들의 귀에 선명히 꽂혔다.

쿠그그그그…….

그것도 잠시.

지진이 일어난 것처럼 바다가 떨리기 시작했다. 단순히 파도가 치는 것이 아닌 해저 깊이 밑바닥이 울리는 듯한 느낌이었다.

콰아앙-!!

폭탄이 폭발한 것처럼 거대한 물보라와 함께 파도가 솟구쳐 올랐다. 조금 전 멈춰 있던 하워드호가 부웅! 떠오르며 파도를 따라 옆으로 밀려 나갔다.

"……!!"

"……!!"

비가 쏟아지는 것처럼 배 위로 물방울들이 떨어지고 모두의 시선이 그곳을 향했다.

크아아아!!

솟구쳤던 물이 사라지고 푸른 비늘을 번뜩이는 씨 서펀트가 엄청난 크기의 송곳니를 그들을 향해 내보였다.

"저, 저게…… 수왕(水王)."

칼 맥은 드래곤이라고 해도 믿을 수 있을 정도의 괴물에 눈을 떼지 못한 채 말했다. 제 발로 찾아온 것이지만 막상 녀석의 위용에 전율이 일었다.

"……."

구릉의 주인을 길들인 카릴조차도 수왕의 엄청난 크기에 압도되는 기분이었으니까.

'제국이 전생에 저 녀석을 사냥하지 않은 이유를 알 것 같군.'

시간을 회귀한 그조차도 씨 서펀트를 실제로 보는 것은 처음이었다.

케에엑……!!

씨 서펀트의 포효에 맞받아치려는 듯 물속에 있던 크라켄이 물을 뿜어내며 쫓던 하워드호를 버리고 녀석의 주위를 맴돌기 시작했다.

"후아……!"

뒤쫓아 오던 크라켄이 사라지자 칼은 드디어 키에서 손을 떼며 바닥에 주저앉았다.

"이거야 원, 우리들은 이제 안중에도 없군."

이제부터는 대괴수들 간의 싸움.

유린 휴가르는 입술을 씰룩이면서 칼에게 말했다.

"이 틈에 도망쳐야 해. 칼, 수고했다. 크라켄을 따돌릴 정도는 못 되지만 녀석이 떨어져 나간 이상 이제부터 키는 내가 잡지."

콰강……!! 콰가가강……!!

촤아아악……!!

거대한 씨 서펀트와 크라켄이 맞부딪히자 바다는 성난 것처럼 요동쳤다.

카가각……!!

크라켄의 두꺼운 다리가 씨 서펀트의 목을 감쌌다. 수면 아래로 잡아당기려는 크라켄의 힘에도 씨 서펀트는 허리를 굽히지 않고 버텼다.

촤르륵……!!

채찍처럼 세 개의 다리를 수면 위로 튕기듯 솟아 나와 수왕의 목을 감쌌다.

꽈득! 꽈드득……!!

거대한 녀석의 빨판이 수왕의 비늘을 빨아들이듯 달라붙자 수왕의 아가미가 뜯어질 듯 들렸다.

카아아악--!!

수왕은 네 개의 거대한 다리가 자신을 잡아당기고 있음에도 여전히 그 힘을 버티면서 크라켄을 향해 포효를 질렀다.

'힘은 수왕이 한 수 위인 것 같네. 대미지를 누가 더 많이 주는지에 따라서 결정을 내려야겠군.'

카릴은 두 괴물의 힘겨루기를 마치 분석을 하는 것처럼 바라봤다.

콰직-!!

수면 위에서 버티던 씨 서펀트가 허리를 크게 원을 그리듯 꺾으며 날카로운 송곳니로 자신의 허리를 감싸고 있는 크라켄의 다리 하나를 물었다.

쿠르르륵!!

크라켄이 알 수 없는 포효를 질렀다. 수왕의 입에 커다랗게 녀석의 살점이 덜렁덜렁 매달려 있었다.

촉수 같은 다리 하나가 순식간에 너덜너덜해졌다. 하지만 고통 따위는 모르는 듯 크라켄의 나머지 다리들까지 수왕을 에워쌌다.

부글…… 부글…….

살점이 떨어져 나간 자리에서 순식간에 물컹한 점액질이 덮이면서 오히려 더 길게 늘어나 서펀트의 얼굴을 감쌌다.

'으흠……. 재생 능력까지 있는 건가.'

크라켄의 다리를 떼어내기 위해 이리저리 물어뜯는 수왕과 공격을 받으면서도 수면 밑으로 잡아당기려는 크라켄의 모습은 마치 창과 방패의 대결 같았다.

"진저리가 나는군. 저 괴물 녀석들……."

"수왕의 이빨이 크라켄의 다리를 하나하나 뜯어내고 있어."

"하지만 크라켄은 독성을 가지고 있잖아요. 물 밑으로 데려가기만 하면……."

두 괴수의 팽팽한 싸움의 결과는 예상하기 힘들었다. 같은 상황을 보고 있는 조이와 유린의 의견도 서로 엇갈렸다.

'결과는 예상되는군.'

그러나 카릴은 수왕을 바라보며 눈을 빛냈다.

"꽉 잡아!!"

더는 기다릴 수 없다는 듯 유린이 배의 중심을 잡고 키를 움켜쥐며 외쳤다.

"아니. 멈춰요."

순간.

유린은 변한 카릴의 목소리에 고개를 들었다.

"칼, 다시 네가 키를 잡아. 앞으로 1시간, 1시간만 더 버텨라. 그 뒤엔 공국에 도착할 때까지 원 없이 쉴 수 있게 해줄 테니까."

"……알겠습니다."

칼은 카릴의 명령에 이유도 묻지 않고서 비틀거리며 일어섰다.

"무슨 소리야? 칼이 키를 잡을 수 있는 상태로 보여? 게다가 수왕이 한눈을 팔 때 빨리 빠져나가야 한다고!"

유린은 비틀대는 칼을 막으며 카릴에게 소리쳤지만 담담한 목소리로 카릴은 그에게 대답했다.

"확실히 거기까지가 칼 맥의 계획이었죠. 하지만 제 계획은 좀 다릅니다. 이제부터가 중요하니까. 유린, 당신에게 키를 맡길 순 없습니다."

"……뭐?"

이해가 가지 않는다는 표정으로 유린이 카릴을 바라봤다.

아직도 숨겨진 계획이 있는 건가?

이미 충분히 상식을 뛰어넘은 일이라고 생각했는데.

"확실히 두 녀석을 맞부딪히게 하겠다는 계획에 동의했지만 그 틈에 도망치겠다고 하진 않았거든요."

"그게 무슨……."

스르응-

카릴은 천천히 얼음 발톱을 뽑았다.

"……."

세 사람은 그가 양손으로 손잡이를 잡고 선 자세가 어쩐지 흔들리는 배 위에서 오히려 맨손일 때보다 더 안정적인 것 같다는 생각이 들었다.

"저 녀석들을 그냥 둘 겁니까?"

카릴은 그들을 바라보며 말했다.

"……뭐?"

불현듯 출항 전 길드에서 그가 했던 말을 떠올린 유린은 경악에 찬 목소리로 소리쳤다.

"설마……. 수왕을 사냥하실 생각이십니까?"

"아니."

카릴은 조이 요한셀의 말을 가볍게 부정했다. 고개를 돌린 그의 입꼬리가 어쩐지 지금을 기다렸다는 듯 살며시 올라간 것 같았다.

"둘 다."

"……뭐?"

유린 휴가르는 자신의 귀를 의심했다.

한 마리도 버거운 마물이 두 마리나 있었다.

전투의 한복판에 있다는 것 목숨을 내놓는 것과 다를 바 없는 일이었다.

"미쳐도 단단히 미친 거 아냐? 모험가로서의 명예가 탐나면 너 혼자서 해. 남의 목숨까지 내다 버리게 하지 말고!!"

그는 카릴의 멱살을 잡으며 소리쳤다.

하지만 그의 외침에도 불구하고 칼 맥은 어느새 카릴의 명령에 따라 키를 잡고 있었다.

"당장 멈춰!!"

유린은 키를 돌리려는 칼을 한 대 후려칠 기세로 소리쳤다.

콰악-

그때였다.

자신의 멱살을 쥐고 있는 두 팔을 지그시 잡은 카릴은 천천히 아래로 힘을 주었다.

"……!!"

유린의 우람한 팔이 카릴의 가녀린 손에 눌려 움직일 수가 없었다.

'뭐, 이런 힘이……?!'

그는 당장에라도 카릴의 손아귀에서 벗어나려고 했지만 힘을 주면 줄수록 내리누르는 카릴의 힘이 더 강해질 뿐이었다.

"진정하세요. 저 녀석들이 싸우고 있는 지금 다 같이 뛰어들자는 게 아니니까. 유린 경 말대로 남의 목숨은 내다 버리지 않을 거고요."

"이…… 이거……."

유린은 차마 놓으라는 말을 하지 못했다.

"잘 생각해 보십시오."

존댓말을 하고 있지만 카릴의 모습에서 유린은 자신도 모르게 위압감을 느꼈다.

군도에서부터 느꼈던 알 수 없는 이질감. 어쩐지 그 모습을 확인하게 될 것 같은 불안감이 엄습했다.

"포나인을 마물들의 서식처로 만들고 남부로 내려갈 수 있는 해로에 자신의 영역을 세워 군도 막아서 오직 육지로 밖에 갈 수 없게 만든 크라켄까지."

카릴은 유린의 팔을 풀며 말했다.

손자국이 선명하게 나 있는 팔을 어루만지며 유린이 그를 바라봤다.

"이참에 녀석들을 모두 처리해 버린다면 폐하께서도 기뻐하실 일이겠죠. 안 그렇습니까?"

확실히 제국의 마물 토벌은 연중행사로 있는 일이지만 기껏 해야 마을을 습격하는 고블린 같은 하급 몬스터를 대상으로 한 것뿐이었다.

“네가 저 괴물을 사냥할 수 있을 것 같아?”

“실패한다면 제가 책임을 지죠. 어차피 둘 중의 하나는 승자가 남을 수밖에 없는 싸움. 마지막 녀석의 목숨까지 끊는 것이 제국의 안녕을 위한 일이지 않겠습니까?”

“…….”

유린은 카릴을 바라보며 인상을 찡그렸다.

사실 듣기 좋은 이야기로 유린의 마음을 흔들었지만 카릴은 이미 그 이후의 계획까지 세우고 있었다.

‘물론……. 크라켄을 해결하게 되면 반대로 남부에서 올라갈 수 있는 해로도 확보된다는 게 중요한 거지.’

언뜻 보면 제국을 위한 말 같지만 그의 말 속에는 가장 큰 속내가 숨겨져 있었다.

‘그 뒤에 다시 군도를 막으면…… 오직 남부에서만 위로 올라갈 수 있는 해로가 열리게 된다.’

그의 목에 걸린 각왕의 증표가 가볍게 흔들렸다.

유린에게 말하지 않은 비밀.

카릴은 녀석들을 사냥할 생각이 없었다.

‘길들인다.’

그 차이가 만들 엄청난 결과.

포나인뿐만 아니라 해상까지 자신이 독점할 수 있게 된다면 대륙을 오갈 수 있는 수많은 경로를 가질 수 있게 된다. 그뿐만 아니라 제국과 공국에 비해 열세일 수밖에 없는 군사력까지 확보할 수 있다.

오직.

자신만이 다룰 수 있는 마물 부대.

카릴은 옅은 미소를 지었다.

'서펀트 계열의 약점은 모두 똑같다. 씨 서펀트 역시 구릉의 주인과 마찬가지로 역린(逆鱗)이 있다.'

하지만 샌드 서펀트와 달리 씨 서펀트는 그 역린을 끈적끈적한 점액으로 만들어진 막으로 둘러싸 보호하고 있었다.

칼로는 잘라 내기 힘들고 수 계열 몬스터의 약점이라 할 수 있는 뇌 계열의 마법은 녀석에게 대미지는 줄 수 있을지언정 역린을 보호하는 막은 손상시킬 수 없었다.

'막이 뇌력(雷力)을 흡수해 버리기 때문이지. 검과 마법 둘 다 불가능. 이렇다 할 공격수단을 찾을 수 없기에 전생에서 쉽사리 수왕을 토벌할 수 없었던 거지.'

하지만 지금은 다르다.

수왕이 지금 싸우고 있는 적은 해왕이라 불리는 바다의 주인, 크라켄.

아이러니하게도 해왕의 능력이 바로 수왕을 처리할 수 있는 열쇠가 되었다.

'녀석의 빨판이라면 역린을 보호하고 있는 막을 힘으로 뜯어낼 수 있다.'

단순 무식하지만 가장 확실한 방법이었다.

"정말로 처리할 자신이 있나?"

"걱정 마십시오."

급박한 상황 속에서 유린은 시시비비를 제대로 따질 만큼 냉정하지 못했다.

유린은 그저 애물단지인 마물을 처리하는데 남의 손을 빌릴 수 있다면 좋다고 생각했을 따름이다.

카릴은 나지막하게 웃었다.

'어차피 크라켄을 길들이게 되면 그 이후엔 이 사실을 알게 되어도 늦었지. 제국이든 공국이든 어떤 방해가 있든 상관없어.'

이건 다시 없을 기회였다.

원래대로라면 아무런 방해 없이 군도에 가는 것조차도 쉬운 일이 아니었으니까.

평상시였다면 제국과 공국의 군함이 바다에 상시 순찰하고 있을 것이다. 그렇게 된다면 아무런 이유 없이 항로를 변경하는 것 자체도 제국이 가만히 보고 있을 리 없었다.

게다가 그 방향이 거요의 군도라면?

'하워드호는 크라켄을 만나기 전에 군함과 먼저 싸워야 했을 테니까.'

그뿐만 아니라 아무리 카릴이라 할지라도 상처 하나 없이 멀쩡한 크라켄을 상대하는 것은 어려운 일이었다.

'아슬아슬하게 이기는 것은 무의미해. 수왕이든 해왕이든 결국 녀석들은 몬스터. 대단한 마물이지만 지능은 그 한계를 넘지 못한다.'

절대적인 강함.

정당한 싸움 같은 것은 필요 없다. 오로지 그 공포를 온몸에 새겨 넣어주는 것만이 몬스터를 길들이는 유일한 방법이었다.

하지만 구릉의 주인 때와는 다르다. 일단 육지와 달리 망망대해인 이곳은 설 수 있는 곳이 한정적이었으니까.

제대로 된 검술을 펼치기 어렵기에 몬스터를 상대하는 난이도 역시 올라갈 수밖에 없었다.

"조이 경, 안실라(Ancilla)를 걸어줄 수 있습니까?"

사제의 축복 마법 중 하나인 안실라는 마법사들의 비행 마법과 비슷한 효과를 가진다.

하지만 마력을 계속해서 소모하는 플라이(Fly)와 달리 안실라는 사제의 기도문 한 번으로 지속적인 효과가 이어진다.

하지만 단점도 있다.

집중력이 흐트러지지 않는다면 외부의 충격을 받아도 마법사들은 플라이 마법을 유지할 수 있지만 안실라는 단 한 번의 충격으로도 그대로 마법이 풀리기 때문이다.

그렇게 되면 그대로 바닷속으로 직행.

끔찍한 일이 벌어질 수도 있었다.

“죄송합니다. 보좌의 축복은 제 등급에서는 쓸 수 없는 기도문입니다.”

그러나 카릴의 말에 조이 요한셀은 난색을 표했다. 혈맥이 뚫리는 개수에 따라 등급이 자연스럽게 오르는 마법사들과 달리 사제들은 아무리 신성력이 높다 하더라도 교단의 승인이 없다면 고위급 축복을 배울 수 없었다.

“차라리 비행 마법을 쓰시는 게…….”

조이 요한셀은 조심스럽게 카릴을 바라보며 말했다.

사실 이제 마법사의 반열에 오르며 용마력으로 무한에 가까운 마력을 지닌 카릴은 이제 자신에게 비행 마법을 걸 수도 있었다.

하지만 모든 마법이 그렇듯 유지를 하기 위해서는 집중이 필요하다.

수왕과 해왕의 싸움 한복판으로 들어가는 그에게 있어서 마법을 유지하는데 들어가는 집중력조차 모두 공격에 쏟아붓는 것이 낫다고 생각한 것이다.

“안실라는 내가 걸 수 있다.”

유린 휴가르는 카릴을 향해 말했다.

더 이상 그는 카릴에게 공국으로 뱃머리를 돌리라는 말은 하지 않았다. 카릴의 말에 두 마물을 잡는 것으로 마음을 돌린 모양이었다.

“하지만 잘못하면 저 수라 한복판에 떨어질 수 있어. 순식간에 놈들의 먹잇감이 될 수 있단 말이지. 나라도 그런 상황에서 널 구할 순 없다."

"괜찮습니다. 맞지 않으면 되니까."

"허……."

당연한 말이지만 그걸 현실로 할 수 있는 사람이 과연 몇이나 존재할까.

유린은 카릴의 말에 황당하다는 표정을 지었다.

"마음대로 해봐. 죽으러 가는 녀석의 소원이라면 기도문 정도야 쉬운 일이지."

그는 메이스를 쥔 채로 기도문을 읊었다.

붉은빛이 그에게서 흘러나와 천천히 카릴의 몸을 감쌌다.

"율라(Yula)의 자유가 있으리."

우우웅…….

"안실라(Ancilla)."

확실히 1급 사제인 그의 영창은 조이 요한셀의 축복보다 효과가 좋았다.

카릴의 몸이 가볍게 떠올랐다.

"칼, 네가 할 일이 있다. 배에 있는 보조선을 저 녀석들 근처에만 떨어뜨려 줘. 그 뒤에 그대로 여기서 북동 방향으로 배를 몰고 가면 작은 섬이 하나 있을 거다. 내가 올 때까지 거기서 기다려."

"거북등 바위를 말씀하시는 거죠?"

"맞아."

해협의 지도를 모두 외우고 있는 칼은 고개를 끄덕였다.

"너밖에 할 수 없는 일이다. 그 뒤는 내게 맡겨. 이곳에 있을 필요 없어."

"그런데……. 저런 상황이면 보조선이 잠시도 버티지 못할 텐데요? 부서져 버릴 겁니다."

칼은 거대한 몬스터들이 날뛰는 현장을 바라보며 말했다.

"괜찮아. 근처까지 가는 것만으로도 어려운 일일 테니까. 네게 맡기는 거야."

카릴의 말에 칼은 자신도 모르게 마른침을 삼켰다.

"후우, 알겠습니다."

그러고는 키를 돌려 하워드호를 몬스터들의 접전지로 몰았다.

촤아아아악--!!

긴장감이 심장을 조여왔다. 멀리서 봐도 엄청난 위용의 녀석들은 가까워질수록 마치 거대한 산을 보는 기분이었다.

실로, 압도되는 느낌!

파앗-!!

모두가 굳어 있을 때 가장 먼저 움직인 것은 역시나 카릴이었다. 그는 마물이 엉켜 있는 틈 사이로 빠르게 날았다.

"좋아……."

칼은 카릴의 등을 보며 배를 몰기 시작했다.

'좌향 27도, 80m 그다음 키를 반대쪽으로 70도. 거리는……

200m. 마지막으로 파도를 타고 빠져나간다.'

칼은 크라켄의 다리가 수왕의 목을 감싸고 있는 사이에 벌어진 틈을 노려보며 계산했다.

"어이, 칼! 너 어디로 가는 거야!"

어쩐지 뱃머리가 향하는 방향이 이상했다.

유린은 조타실의 칼을 향해 소리쳤다.

"유린 님! 죄송하지만 배 옆에 달린 보조선을 묶은 끈을 제가 신호를 드리면 잘라주세요!"

"너……. 설마 저 사이로 들어가겠다는 건 아니겠지? 그 녀석 말 못 들었어? 그냥 근처에 떨어뜨리랬잖아!"

칼은 유린의 말에도 키를 잡은 손에 힘을 주었다.

"그래서는 의미가 없어요. 발판으로 쓰실 거면 저 사이에 떨어뜨려야 그나마 물살에도 남아 있을 수 있단 말이에요!"

"젠장!! 이놈이나 저놈이나……. 다 제정신이 아니야. 라바트 길드는 모두 저런 괴물만 있는 건가."

그렇게 말하면서도 유린은 어느새 배의 난간 위에 보조선을 고정시켜 놓은 밧줄을 향해 가고 있었다.

크아아아!!

크라켄이 입에서 녹색의 독액을 뿜어냈다. 수왕의 뺨에 독액이 닿자 비늘이 쪼그라드는 것처럼 구겨졌다.

크르르르……!!

코를 찌르는 타는 냄새와 함께 타들어 가는 얼굴로 크라켄의 뒷목을 감으며 녀석의 몸통을 물어뜯었다.
콰드드득……!! 콰작……!!
그때였다.
나무가 부서지는 소리가 요란하게 들렸다. 고개를 내리자 놀랍게도 칼이 독액을 피해 해왕과 수왕의 사이를 통과하며 옆에 매달아 놓았던 보조선을 떨어뜨렸다.
"허……."
카릴은 자신도 모르게 낮은 탄성을 질렀다.
"마스터!!"
예상대로 보트는 1초도 버티지 못하고 그대로 크라켄의 다리에 맞아 산산조각이 났다.
"돌아가서 기다리겠습니다!!"
칼은 카릴을 찾기 위해 두리번거렸지만 보이지 않았다. 조금이라도 지체한다면 하워드호 역시 보조선 꼴이 날 것이 틀림없었다.
'부디……!!
그는 이를 악물었다.
물보라를 일으키며 배는 아슬아슬하게 빠져나가며 질주하기 시작했다.
"대단한데."
하워드호의 뒷모습을 바라보며 카릴은 나지막하게 중얼거렸다.

"이제야 갔군. 보조선을 떨어뜨리라는 건 그냥 섬으로 돌아가게 하려는 핑계였는데……. 안 그랬으면 돕겠다고 계속 여기에 있으려고 했을 테니까."

그런데 칼은 시키지도 않은 일까지 성공해 버렸다.

"칼 녀석…… 이 상황에서 더 실력이 는 것 같은데."

그는 나직이 웃었다.

카릴은 몬스터들이 뒤엉켜 있는 상황 속에서도 포나인을 수안에게 바다는 칼에게 맡기면 완벽하겠다는 여유로운 생각이 들었다.

후우우우-!!

바닥을 밟듯 허공에 발을 채자 그는 달리듯 수왕의 눈앞을 빠르게 스쳐 지나갔다.

크라켄의 몸통을 물고 있는 수왕은 귀찮은 파리를 보는 것처럼 눈으로 카릴을 좇았지만 이내 상관하지 않았다.

그 무관심이 어떤 결과를 초래할지도 모른 채 말이다.

우우웅…….

카릴은 검을 고쳐 잡았다. 순식간에 그의 검날에서 보랏빛의 아케인 오러(Arcane Aura)가 뿜어져 나왔다.

"방해꾼도 사라졌으니……."

헤임을 떠나 처음으로 검을 쓰는 카릴은 얼음 발톱의 감촉을 즐기듯 말했다.

"사냥을 해볼까."

잠갔던 셔츠의 단추가 살짝 풀리자 그의 목에 걸린 각왕(角王)의 증표에 남은 빈자리가 녀석들을 반기듯 흔들렸다.

"우악……!!"

칼 맥은 화들짝 놀라며 일어섰다.

"으아악……."

그 바람에 근육이 놀란 듯 지끈거리는 허리 통증에 자신도 모르게 앞으로 고꾸라지듯 넘어졌다.

"일어났나? 천천히 움직여."

유린의 말에 칼은 고개를 올려다보았다. 어느새 하늘은 어두워져 있었고 별이 당장에라도 쏟아질 듯 빼곡하게 떠 있었다.

"제, 제가 얼마나 잔 거죠?"

운치 있는 풍경이었지만 칼의 얼굴은 당혹감이 더 짙게 드리워져 있었다.

"한나절 정도."

"네? 그렇게 나요?!"

유린 휴가르는 칼을 바라보며 대답했다.

"며칠을 밤을 새웠는데 벌써 일어난 걸 보면 오히려 네 체력이 대단한 거 같은데."

하지만 칼은 그런 칭찬 따위는 귀에 들어오지 않는 듯 울상을 지으면서 말했다.

"그 말은 지금 마스터께서 이만큼이나 시간이 지났는데도 돌아오지 않으신 거잖아요……. 괜찮으실까요? 다시 가봐야 하는 거 아닐까요?"

"미쳤어?"

유린은 칼의 말에 어처구니가 없다는 표정을 지었다.

'죽다 살아난 곳에 다시 들어가겠다고 하다니 이 녀석 목숨이 아깝지 않은가?'

그때였다.

"어……! 저기!!"

조이 요한셀이 바다를 가리키면서 소리쳤다.

부서진 나무판들이 물살에 떠내려오고 있는 와중에 묵직한 뭔가가 보였다.

"마스터!!"

눈이 좋은 칼은 단번에 카릴을 발견했다.

끼리릭--!!

키를 돌려 배를 움직였다. 부서진 보조선의 잔해들을 뚫고 칼이 물에 떠 있는 카릴을 건져 올렸다.

"크……!!"

물을 머금은 카릴의 무게를 감당하지 못해 낑낑대는 칼을 보며 유린이 대신 그의 목덜미를 잡아 올렸다.

"마스터!!"

'……음?'

여기저기 상처가 난 카릴의 모습을 보며 소리치는 칼과 달리 유린은 의아한 표정을 지었다.

"마스터!! 괜찮으세요?! 정신 차려보세요!! 제 말이 들리세요?"

"제가 좀 보겠습니다."

조이 요한셀이 칼의 옆에 앉아 나지막하게 기도문을 읊었다. 그러자 손에서 우윳빛의 광원이 흘러나오며 카릴의 몸을 감쌌다.

"쿨럭, 쿨럭……!!"

카릴의 가슴이 들썩이더니 멈췄던 숨을 토해내며 그의 입에서 핏덩이가 섞인 바닷물이 흘러나왔다.

"마스터!!"

칼은 카릴의 목을 두 손으로 받치며 말했다.

"상처가 심합니다. 칼 님, 회복 마법을 걸 테니 잘 붙잡고 계세요."

"알겠습니다."

조이는 로자리오를 꺼내 가슴에 얹고는 다시 성호를 그으면서 기도했다.

"율라(Yula)의 은총이 있으리."

조금 전 우윳빛보다 백색에 가까운 빛이 그의 묵주에서 흘러나왔다.

"으음……."

외상이 빠르게 치유되면서 카릴은 낮은 신음을 토해냈다.

"정신이 드세요? 완전 몸이 엉망이 되셨잖아요. 괜찮으세요?

그러게 그런 괴물들 사이에 뛰어드시다니……!!"

그렇게 말하면서 그는 원망이 섞인 눈으로 유일한 전투 인원인 유린을 바라봤다.

"……."

하지만 오히려 유린은 난리 치는 두 사람과 달리 카릴의 상처를 살피며 생각했다.

'상처가……. 너무 얕아.'

조금 전 그를 물속에서 들어 올릴 때 느꼈던 이질감.

"이봐."

유린은 나지막한 목소리로 카릴을 향해 말했다.

"수왕과 해왕, 두 녀석은 어떻게 되었지? 정말로 처리했나?"

"지금 그걸 물으실 때예요? 마스터의 상처가 안 보이세요?"

"보이니까 묻는 거야. 이 정도로 죽진 않으니 호들갑 떨지 말고 너는 당장 배를 몰아. 사제가 둘이나 있다. 죽게 내버려 두지 않으니 걱정 말고."

"어후, 재수 없어. 둘이 있으면 뭐 해. 아무것도 안 하면서……."

칼은 일어서며 유린에게 들릴까 말까 한 나지막한 목소리로 중얼거렸다.

"뭐?"

"네, 넵!! 지금 바로 공국으로 방향을 잡겠습니다."

유린이 노려보자 칼은 냉큼 조타실 안으로 들어갔다.

"끄응……."

칼이 사라지자 마치 기다렸다는 듯 카릴이 천천히 눈을 떴다.

"어떻게 되었지?"

유린의 물음에 카릴은 나지막하게 미소를 지으며 꽉 쥐었던 손을 펼쳤다.

"걱정 마십시오. 모두 처리했습니다."

수왕의 이빨이었다.

그러나 유린은 여전히 믿을 수 없다는 눈빛으로 카릴에게 말했다.

"……확실한가?"

"미심쩍으시면 다시 돌아가 확인해 보셔도 좋습니다. 다만 해왕의 독액이 아직 바다에 남아 있어서 닿는 순간 녹아버리겠지만요."

카릴은 어깨를 으쓱하며 말했다.

"……."

유린은 그의 말에 입맛을 다시며 대답했다.

"살아 돌아온 걸 축하하네. 그 말이 진짜라면 폐하께서 자네의 노고에 걸맞은 보상을 내리실 거야."

그 말 속엔 만약 거짓말이라면 대가를 치러야 한다는 뜻도 숨어 있었다.

하지만 유린의 으름장에도 불구하고 카릴은 아무렇지 않게 웃으며 말했다.

"감사합니다."

증거는 확실했다.

수왕이든 해왕이든 누가 되었든 한 마리라도 살아 있다면 이빨을 자르는 건 불가능한 일일 테니까.

'이빨을 가져왔단 걸 보면 반박의 여지는 없지만……. 저 녀석이 정말 성공할 줄이야. 보고도 믿을 수가 없군. 차라리 끝까지 확실하게 지켜봤어야 했나?'

유린은 카릴이 죽으면 나머지 여정을 자신의 손으로 끝내 황제께 보고할 생각이었다.

하지만 이내 곧 그는 고개를 저었다.

자신의 선택은 틀리지 않았다. 드래곤급이라고 칭해지는 두 마물을 앞에 두고 가만히 있는 건 자살행위였으니까.

게다가 크라켄의 독액으로 덮여 있는 바다에 가는 것도 미친 짓이었다.

'시체는 이미 물 아래로 가라앉았을 테고 냄새를 맡고 그 주변엔 몬스터들도 득실거릴 터.'

방법이 없었다.

꽈득-

그는 자신도 모르게 맞닿은 이에 힘을 주었다.

"다행히 유린 경께 제 임무를 떠넘기지 않아도 되겠네요. 안내는 계속해서 제가 하죠."

"흥……."

그의 생각을 알고 있다는 듯 말하는 카릴의 모습에 유린은 나지막하게 말했다.

"이제 얼마 가지 않으면 공국이다. 제국인인 너로서는 주의하는 게 좋겠지. 상인의 신분이란 게 있긴 하지만 가능한 들키지 않는 게 좋아."

유린은 매사에 자신의 예상을 뛰어넘는 카릴이 못마땅한 듯 고개를 돌렸다.

"물론입니다. 지금부터는 유린 경의 힘에 조금 기대겠습니다. 신의 은총은 국경을 뛰어넘는 것이니까요."

카릴은 고개를 끄덕였다.

"하지만 조금 걱정도 되네요. 사실 교단은 제국보다 공국과 좀 더 친밀하지 않습니까."

"……."

루레인가의 족보를 알지 못한다면 할 수 없는 말이었다. 게다가 유린 휴가르가 황제의 수하라는 것을 알고 있는 카릴만이 할 수 있는 도발이었다.

유린은 그의 말에 으르렁거리듯 말했다.

"교단은 모든 이에게 평등하다."

"물론, 그러시겠지요. 공국을 통과하는 동안 잘 부탁드립니다."

"자네만 똑바로 한다면 문제없을 거야."

"새겨듣겠습니다."

카릴은 들고 있던 씨 서펀트의 이빨을 그에게 건네면서 말했다.

"가져가시겠습니까?"

"……됐다. 네 공이니 네가 가지고 있어라."

자존심이 상한 듯 유린은 카릴에게 눈길도 주지 않은 채 대답했다.

"알겠습니다. 나중에 혹시 필요하실지 모르는데……."

그런 그의 대답에 카릴은 묘한 미소를 띠었다. 그러고는 조타실을 향해 말했다.

"칼, 속력을 올려."

촤아아아아-!!

알 수 없는 그의 속내와는 달리 순풍을 탄 하워드호는 바다를 가로지르며 기분 좋게 질주하기 시작했다.

루레인 공국.

제국과 함께 대륙에서 쌍벽을 이루는 거대 왕국인 이곳은 7공작이라고 불리는 일곱 명의 공작이 다스리는 공작령이 모여 탄생 한 곳이다.

어찌 보면 이스탄 삼국과 마찬가지로 연합으로 보일 수도 있겠지만 이들과 공국은 명백한 차이점이 있다. 각각의 왕국이 모인 삼국과 달리 공국을 다스리는 7공작이 모두 루레인가(家)라는 것이다.

결국 이름만 다를 뿐 제국과 같은 하나의 왕가가 있는 것과 비슷했다.

실질적으로 7공작 중 가장 큰 세력을 가진 가문의 장녀, 튤리 루레인이 공국의 주인이라고 알려져 있으나 둘째인 프란 루레인이 호시탐탐 그녀의 영지를 노리고 있는 터라 쉽사리 국력이 집중되기 어려웠다.

'그 덕분에 제국과의 전쟁도 미뤄져 힘의 균형이 이뤄지고 있는 것이기도 하지만…….'

카릴은 피아스타와는 비교도 할 수 없는 거대한 항구를 바라보며 생각했다.

루레인가(家)의 둘째인 프란 루레인의 영토인 항구 도시 코브(Cove).

정박해 있는 수많은 군선을 바라보며 카릴은 생각했다.

'이 정도 규모의 해군이라면 충분히 제국을 위협할 수 있겠어. 프란이 누나인 튤리와 틀어지지만 않았더라도 벌써 전쟁이 터지고도 남았겠지.'

확실히 육군은 제국이 우위에 있지만 해군은 공국이 압도적으로 우세했다.

그 말은 공국은 해군을 통해 제국 침공을 감행할 수 있지만 제국은 해로를 이용한 침공은 거의 불가능하단 뜻이었다. 병력의 수는 비슷하지만 본질적으로 함선의 성능 자체가 달랐다.

정박해 있는 함선은 마도 시대에 유행했다고 알려진 전열함(戰列艦)과 비슷했다. 제국의 전함에서는 볼 수 없는 포문이 달린 함선의 옆면에 기하학적인 새겨져 있는 마법 각인들이 보였다.

'확실히 전쟁에서 마법은 전세를 역전시킬 수 있는 가장 큰

변수 중 하나이다.'

그런 의미에서 제국은 대륙에서 가장 많은 마법사를 보유하고 있는 나라이다. 대륙의 마법회인 여명회와 불멸회 두 곳이 모두 제국을 지지하고 있으니까.

'하지만 공국은 그 마법의 차이를 기술로 극복했다.'

바로 마도공학(魔道工學).

제국이 마법과 검술에 매진하고 있을 때 공국의 7공작들은 자신의 영지에 있는 유적 발굴에 매진했다.

아슈칼론의 창시자인 볼프강 슈마르의 골렘이 아직 공국에 남아 있는 이유도 이 때문이었다.

'유적 탐사에 대한 기술은 공국이 최소 50년은 앞서가고 있지. 공국이 이 차이를 좁히게 가만히 둘 리가 없다. 그렇기에 황제가 교단의 사제들을 이용해서 비밀리에 유적 탐사를 하는 것이고.'

제국은 현재 골렘을 운용할 기술력조차 없었으니 그 차이는 명백했다. 어쩌면 몇 년 만 더 시간이 흘렀다면 공국이 제국을 먼저 침공했을지도 모른다. 아니, 제국이 이제 곧 있을 황권 다툼으로 소란스러운 시기를 노렸어도 충분히 가능성이 있었다.

'뭐, 불가능한 일이지.'

카릴은 기억을 떠올렸다. 곧 있을 제국의 혼란보다 그 이전에 이미 공국은 지금도 충분히 혼란스럽기 때문이었다.

튤리 루레인과 프란 루레인의 암투.

루레인가의 여제(女帝)라 불리는 튤리는 명실공히 공국의 1인자이지만 보는 바와 같은 가장 많은 함선을 보유한 프란은 공작들 중 가장 강력한 군사력을 가진 자였다.

'아이러니하게도 그 군사력의 가장 큰 비중이 함선이라는 점에서 그는 튤리를 치지 못했지.'

그런 혼란의 시기였다. 보이지 않는 암투가 존재하는 시기.

이후 올리번의 제국은 이런 마도공학의 공국을 무참히 쓸어버렸다.

"……."

그 전쟁의 주역이 바로 자신이라는 것을 잘 알고 있는 카릴은 전생에 그가 불태웠던 코브항의 전함을 바라보며 쓴웃음을 지었다.

"신분증을 제시해 주시기 바랍니다."

항구에 정박한 하워드호에서 하선을 하려는 일행을 향해 코브의 경비병들이 일제히 배를 둘러쌌다.

"뭐지……?"

유린 휴가르는 자신들을 향해 경계하는 병사들을 바라보며 살짝 눈살을 찌푸렸다.

"저희는 교단의 사제들입니다. 교단의 명으로 헤임에서부터 이곳으로 왔습니다."

조이 요한셀은 혹시나 유린의 눈치를 살피며 서둘러 사제증을 보여주었다.

"그리고 이 두 분은 교단의 손님들입니다."

그러나 경비병들은 조이의 말에는 관심도 없다는 듯 카릴과 칼을 향해 말했다.

"현재 코브항은 제2급 계엄령이 선포되어 있는 상황입니다. 모든 입국자에 대한 검문이 진행되고 있습니다."

"계엄령이라니……? 공국이 전시라는 말인가요?"

"자세한 사항은 알려 드릴 수 없습니다. 사제님들을 제외한 나머지 두 분도 신분증을 제시해 주시기 바랍니다."

생각지도 못한 경비병의 말에 조이는 난감한 표정을 지었다. 전시 상황에서 제국인의 입국을 쉽사리 허가해 줄 리가 없었다.

'흐음, 역시나.'

그러나 정작 카릴은 그들의 말에 담담한 표정이었다.

제국의 일들이야 자신이 관여를 해서 미래와 많이 바뀌었지만 공국은 그렇지 않았으니까.

'튤리와 프란의 싸움.'

그가 기억하고 있는 상황 그대로였다.

"귀찮게 되었군. 재수도 없지. 배에서 했던 얘기가 그대로 일어났군."

유린은 역시나 카릴을 힐끔 바라보며 혀를 찼다.

그때였다.

"두 분의 신분은 제가 보장하겠습니다. 코브로 들여 보내세요."

경비병들의 뒤에서 들려오는 목소리.

뒤를 돌아본 경비병은 화들짝 놀라며 빳빳한 자세로 경례하며 소리쳤다.

"고…… 공작 저하!!"

백색의 머리카락과 푸른색의 눈동자. 다부진 체격과 달리 얼굴선은 꽤 부드러운 미남자의 등장에 모두가 그를 바라봤다.

"기다리고 있었습니다, 카릴 님. 예상보다 빨리 도착하셔서 놀랐습니다. 정말 해협을 건너시다니."

카릴은 그의 말에 가볍게 웃고는 보란 듯이 유린을 바라봤다.

'뭐, 뭐야……. 프란 루레인이잖아?! 어떻게 제국인인 저 녀석이 그를 알고 있는 거야?'

유린은 도무지 이해가 안 된다는 표정으로 카릴을 바라봤다.

"모시겠습니다."

공작의 안내에 따라 카릴은 공국에서의 첫발을 떼었다.

'설마 했는데……. 프란 루레인, 당신이었다니. 내 생각보다 더 거물이 걸렸어. 좋아, 과연 내게 어떤 걸 제시할지 지켜보지.'

카릴은 그의 뒷모습을 바라보며 눈빛을 빛냈다.

헤임에서 수련생에게 받았던 쪽지, 그 안엔.

단 한 단어가 쓰여 있을 뿐이었다.

코브(Cove).

▸Chapter 3◂

"교단의 사제님들께 무례를 한 점 진심으로 사죄드립니다. 코브에 있는 동안 편안히 지내시기 바랍니다."

프란 루레인이 카릴 일행을 안내한 곳은 코브 시내에 있는 한 저택이었다.

카릴은 창문 밖으로 보이는 언덕에 있는 거대한 성을 보며 생각했다.

'프란의 성은 당연히 저곳일 테니……. 아직은 쉽게 다 보여 줄 수는 없다는 뜻이겠지.'

그가 안내해 준 저택은 확실히 화려하고 안락했지만 시내 한복판이었고 사방이 건물로 막혀 있었다.

'만일 무슨 일이 생기더라도 도망치기도 어렵겠군. 게다가 감시를 두기에도 적절하고.'

애초에 그럴 생각도 없지만.

"……."

항구 도시의 특성상 상인들로 붐비는 시장. 그 한복판에 있는 저택 창밖으로 카릴은 빼곡한 사람들 사이사이를 유려하게 빠져나가는 자들을 볼 수 있었다.

평범한 사람의 움직임이 아니었다.

훈련을 받은 자들.

카릴은 무리 사이로 숨어드는 그들을 바라보며 생각했다.

'적절한 게 아니라 이미 배치해 뒀군.'

훌륭했다. 적어도 프란 루레인의 대처는 여러 가지 경우를 산정한 것이었다.

물론 그가 카릴의 실력을 알 수 있었다면 고작 이 정도의 준비는 무의미하다는 걸 알았겠지만.

'다만…….'

카릴은 프란 루레인이 이렇게 꼼꼼한 성격인가 하고 의아한 생각이 들었다.

확실히 그는 전투에 능했지만 호전적이고 다혈질적이다. 그래서 언제나 중요한 순간에 튤리에게 패배를 했다.

'건물의 페인트 냄새가 아직 가시지 않았어. 아마 그 날 이후 새로 지은 게 틀림없다.'

목적이야 뻔했다. 자신들을 이곳에 머무르게 하기 위해서였다.

그러나 카릴이 알고 있는 프란 루레인은 이런 준비까지 할 만큼 세세한 남자는 아니었다.

'조언자가 있는 걸까.'

카릴은 살짝 눈을 흘겼다.

물론 공작인 프란 루레인에게 책사가 없을 리는 없다.

그러나 자신과 프란의 엮인 문제는 단순한 문제가 아닌 우든 클라우드의 일이었다.

'그렇다면 그자 역시 우든 클라우드에 몸담고 있을 터. 어쩌면 그가 프란보다 더 높은 계급일지도 모른다.'

어쩌면 그자가 뿌리일지도.

카릴은 좀 더 파헤쳐 볼 필요가 있다고 생각했다.

우든 클라우드에서는 단순히 세간의 직위는 중요한 것이 아니니까.

그랬다면 공국이 멸망했을 때 우든 클라우드도 함께 사라졌어야 했다.

콧대 높은 귀족들이 자신보다 더 위에 누군가를 둔다는 것 자체가 용납할 수 없는 일일 테니까.

"북부로 가신다고요. 여명회를 찾아가시는 길이십니까?"

저택의 시종이 다과를 내어놓자 프란은 일행에게 권유하며 물었다.

시골 출신인 칼 맥은 처음 보는 고급스러운 음식에 눈이 휘둥그레져 양손 가득 과자를 집다가 유린의 눈치를 받았다.

몇 년만 지나도 저런 과자들엔 눈길도 주지 않을 대상인이 될 자의 과거를 미리 보는 것도 나름 재밌는 듯 카릴은 낮게 웃었다.

"저희는 그보다 좀 더 위로 갑니다."

유린 휴가르의 대답에 프란의 눈빛이 살짝 흔들렸다. 어쩌면 여명회의 상아탑이 그가 상정한 제국인이 공국의 영토에서 갈 수 있는 최대 거리라 생각했기 때문이다.

"그보다 더 위라……. 설마 화룡의 거처를 말씀하시는 것입니까?"

"맞습니다."

카릴은 망설임 없이 대답했다.

"문제가 될 것은 없다고 봅니다. 그곳은 제국이 관리하고 있는 곳이니까요."

"하하, 맞습니다. 하지만 정확히는 제국과 공국이 공동으로 관리하는 곳이지요."

일종의 경고였다.

자신들도 마음만 먹으면 관여를 할 수 있다는 뜻.

"걱정 마십시오. 교단에서 이번에 발견한 유물에서 레드 드래곤과 관련된 고서가 있었습니다. 단지 문헌을 확인하려는 것뿐이니까."

"흐음…… 문헌이라……. 그 안의 내용이 궁금하군요."

"궁금하면 교단에 입단하시는 것이 어떠십니까. 아마 주교께서 무척이나 기뻐하실 겁니다."

"하하하…… 말이라도 감사합니다만 그건 조금 생각해 봐야 할 문제겠군요."

"율라(Yula)의 품은 언제나 열려 있습니다."

프란은 그의 말에 입을 다물고 말았다.

'기대 이상인데.'

카릴은 유린과 프란의 대화를 바라봤다.

전쟁이 터지고 광인이라는 별명으로 불리면서 피 묻은 메이스를 든 모습만 봐왔던지라 카릴조차도 잊고 있었다.

'그는 대화로도 싸우는군.'

처음에 프란을 봤을 때 자신들의 목적지를 밝힐까 말까, 혹은 어디까지 얘기를 할지 고민했었다.

그런데 오히려 유린 휴가르가 먼저 대화의 포문을 열었다.

카릴은 차라리 잘 되었다고 생각했다.

'어차피 우든 클라우드가 궁금하게 만드는 게 가장 큰 목적이었으니까.'

단지 지기 싫어하는 꼬인 성격 때문에 빚어진 일이지만 유린의 말에 프란은 혼란스러울 것이다.

어째서 조사가 끝난 화룡의 거처를 이제 와 찾는지 알고 싶어 미칠 지경일 터.

'그의 성격이라면 오늘 당장 나를 찾겠지.'

결과는 만족스러웠다.

게다가 자신이 받을 의심을 유린이 받게 되었으니 프란은 자신과 유린이 한 패인가 하는 의문까지 추가될 것이다.

"공작 저하, 항만수비대를 시찰하실 시간이옵니다."

그때였다.

홀의 문이 열리면서 한 남자가 들어와 나지막한 목소리로 말했다.

"그렇군. 벌써 이렇게 되었나."

시계를 바라보던 프란은 천천히 고개를 끄덕였다.

"편히 쉬시길."

카릴은 문밖에 서 있는 남자를 바라보며 인상을 구겼다.

"……잠시."

그의 말에 프란이 고개를 돌렸다.

"왜 그러십니까? 카릴 님."

"저분은……?"

올백으로 넘긴 회색 머리.

머리카락보다 조금 더 밝은 은색의 안경을 끼고 단정한 옷차림을 한 남자는 시선이 자신에게 쏠리자 가볍게 허리를 숙이며 말했다.

"코브 해군 사령관, 앤섬 하워드입니다."

"하하. 카릴 님께서도 자네의 기운이 남다르다는 걸 느끼셨나 보군."

프란은 자랑스레 말했다.

"그는 200년 전, 제도왕(諸島王)이라 불리며 대륙의 섬들을 통

치했던 넬슨 하워드의 직계 후손입니다. 그 피가 진해서인지 저희 코브의 해군 사령관을 맡고 있습니다."

"과찬이십니다."

카릴은 눈앞의 남자를 바라보며 입을 다물었다.

"……."

분명 그였다. 왕좌지재라 불리며 전투에 관해서는 제국의 책사인 브랜 가문트를 뛰어넘는 천재라 불렸던 그가 분명했다.

자신이 얻고자 했던 책사 중 한 명.

"우아, 저희 배 이름도 하워드호인데. 신기하네요."

칼 맥은 입안 가득 과자를 물고서 앤섬을 바라보며 말했다.

그는 가볍게 인사를 하며 방의 문을 열었다.

"그럼 이만."

"다시 한번 배려에 감사드립니다."

"저희야말로."

유린은 멍하게 서 있는 카릴을 힐끔 보고는 대신 방을 나서는 프란과 앤섬에게 대답했다.

탈칵-

방문이 닫히자 유린은 그에게 말했다.

"뭘 그렇게 정신 나간 사람처럼 서 있는 거야? 아는 사람이기라도 한 거야?"

"……."

"하여간 별난 놈이야. 조이, 북부로 가려면 단단히 준비를 해야 한다. 넋 나간 녀석은 두고 나와 다녀오자."

"아, 네. 알겠습니다, 스승님."

조이 역시 멍한 표정으로 서 있는 카릴을 슬쩍 바라보고는 유린의 뒤를 따랐다.

'넬슨 하워드의 자손인 것도 저 외모도 모두 내가 알고 있는 그와 똑같아. 하지만…….'

큰 차이가 있었다.

'내가 아는 앤섬 하워드는 평민이었다.'

카릴은 기억을 떠올렸다.

그가 앤섬 하워드를 본 것은 딱 한 번뿐.

신탁이 내려지기 전. 크웰의 영지 근처에서 벌어졌던 앤섬 하워드의 마지막 전투에서였다.

'그는 아버지와의 전쟁조차 승리로 이끌었다.'

아이러니하게도 그 당시 최강이라고 생각하며 절대로 뛰어넘을 수 없을 거라고 여겼던 크웰 맥거번이 패배한 것이 그 당시 카릴에겐 충격이었다.

그 이후 신탁이 내려지고 올리번이 황위에 오르고 앤섬 하워드가 죽었다는 걸 알게 되었을 땐 또 다른 의미로 충격을 받았다.

'올리번은 안 거지. 그가 위협적인 존재가 될 수 있다는 것을.'

그게 자신이 알고 있는 앤섬 하워드의 일생이었다.

'왜 저 남자가 여기에 있는 거지. 아니, 지금은 내가 모르는 과거이기에 여기에 있을 수도 있다.'

카릴은 혼란스러운 머리를 정리하려는 듯 고개를 몇 번 젓고는 생각했다.

'그렇다면 도대체 무슨 일이 생겨 그가 평민이 된 걸까.'

자신이 모르는 공백.

'이번엔 그가 죽기 전에 내가 얻는다.'

카릴은 날카롭게 눈빛을 빛냈다.

그 순간 그는 불현듯 한 가지 의문이 들었다.

'정말 죽었나……?'

단지 그렇게 들었을 뿐이다.

애초에 귀족의 일 따윈 관심도 없었던 카릴이었으니까.

그저 신탁을 이행하는 것에 충실했을 뿐.

"왜 그러세요?"

칼은 카릴을 바라봤다.

평상시였다면 이런 우연을 기뻐했을 것이다.

수안 하자르, 에이단 하밀 그리고 칼 맥까지 그가 얻게 된 제국 7강의 인재들은 확실히 운이 따라준 결과였으니까.

그러나 어쩐 일인지 앤섬 하워드만큼은 달랐다.

알 수 없는 이질감.

"……."

카릴은 그 이유를 쉽게 알 수 있었다.

'앤섬 하워드가 지금 프란 루레인 아래에 있다.'

그리고 프란 루레인은 훗날, 광신도로 대륙을 들끓게 했던 블루 로어(Blue Roar)의 전신인 우든 클라우드와 관련이 있기 때문이었다.

그는 갓 완공된 저택을 천천히 둘러봤다. 그러고는 전신을 짓누르는 것 같은 이질감에 카릴은 생각했다.

'설마…… 네가 내가 생각한 그 조언자는 아니겠지.'

와그작-

카릴은 고개를 돌렸다.

"아앗, 죄송합니다."

마지막 남은 쿠키를 깨무는 그 소리에 깜짝 놀라며 칼은 입을 가렸다.

황급히 부스러기를 털어 내는 그를 보며 카릴은 그에게 말했다.

"칼, 지금부터 네가 할 일이 있다."

사람이 다니지 않는 거리. 늦은 밤이 되자 시끌벅적했던 시장이 문을 닫자 방파제에 부딪히는 파도 소리만이 들려왔다.

저벅- 저벅-

골목길의 발걸음 소리가 정적을 뚫고 들렸다. 소리는 세월의 흔적이 느껴지는 간판 앞에 멈췄다.

<C.P.S.U>

마지막 U자가 삐걱거리면서 당장에라도 떨어질 것처럼 위태롭게 흔들렸다.

"……."

카릴은 간판을 물끄러미 바라보다 고개를 내리자 건물 벽에 약자의 풀 네임이 적혀 있었다.

"코브 항만 수비대(Cove Port Security Unit)."

낮에 앤섬 하워드가 프란에게 시찰을 해야 한다고 했던 장소였다.

잠긴 문에는 작은 외시경 하나만이 달려 있었다.

얼마의 시간이 흘렀을까.

탈칵-

잠금쇠가 풀리는 소리와 함께 기다렸다는 듯 건물의 문이 열렸다.

'혹시나 해서 와봤는데…….'

작은 틈으로 자신을 살피는 눈동자를 바라보며 카릴은 가볍게 어깨를 으쓱했다.

'역시나군.'

낯익은 그 얼굴을 보며 카릴은 쓴웃음을 지었다.

"용케 찾아오셨군요."

건물 안으로 한 발 들어서는 순간 얼굴을 가린 복면인들 사이에서 목소리가 들렸다.

카릴은 가운데 서 있는 사람을 바라보고는 누군가를 찾는 듯 두리번거렸다.

'그를 찾는 건 무린가.'

하지만 모두가 새하얀 로브와 복면으로 얼굴을 가리고 있어 체구마저 똑같은지라 정체를 알 수 없었다.

'하긴……. 쉽게 찾을 수 있을 리가 없지.'

다만 조금 전 그의 목소리만큼은 확실히 알 수 있었다.

"말씀하셨던 것처럼 제가 조금 눈썰미가 좋습니다."

카릴은 가운데에 있는 로브를 쓴 남자를 향해 말했다.

"공작 저하."

로브를 쓰고 있던 자들이 건물의 양쪽으로 밀려나며 카릴은 프란 루레인과 마주했다.

프란은 얼굴을 가리고 있던 복면을 벗었다.

카릴은 그를 향해 말했다.

"이게 무슨 의미인지 잘 모르겠군요. 공작 저하께서는 신종교단에 빠지신 것입니까. 아니면 새로운 무도회라도 준비하시는 것인지요."

바닥에 떨어진 복면을 주우며 카릴은 프란을 지그시 바라봤다.

낮에 봤던 예의 바른 모습과는 달리 그의 눈동자엔 적의가 가득했다.

"타이란 슈테안과 무슨 얘기를 했는가."

서론도 없이 단도직입적으로 묻는 그의 모습은 같은 사람인가 싶을 정도였다.

'황제가 교단에 있다는 것을 아는 모양인데……. 우든 클라우드의 정보력이 확실히 교단뿐만 아니라 제국에도 미치고 있는 거로군.'

카릴은 그런 상황에서도 오히려 빠르게 상황을 분석했다.

숱한 전장에서 살아남았던 그였다.

"흠."

어린 시절 검성의 경지에 오르기 전 검술이 완성되지 않은 상태에서 올리번을 위해 제국 전쟁에 참여했다.

당연히 포로로 잡힌 적도 많았다. 그런 그에게 고작 이런 압박은 그 어떤 무게감조차 느껴지지 않는 정도였다.

과거 제국 전쟁 시절 당장에라도 자신의 목을 치지 못해서 안달이 났던 프란 루레인의 얼굴이 떠오른다.

미래의 자신의 모습을 안다면 과연 이렇게 자신과 대화를 나눌 수 있을지 카릴로서는 우스울 따름이었다.

'나와 황제와의 대화 내용은 모른다. 아마도 시종을 죽여서

겠지. 운이 좋게도 감이 맞았군.'

또한 그 말은 자신을 보좌했던 수련생을 비롯하여 외부에는 아직 우든 클라우드가 남아 있다 하더라도 적어도 지금 황제 곁에 남은 친위 기사들만큼은 우든 클라우드가 아니라는 것도 확인할 수 있었다.

'일단 황제는 안전하다…… 라는 거군.'

대륙에서 가장 강력한 군주인 황제의 안위를 걱정하는 것이 우스운 일이지만 지금 카릴에겐 가장 핵심적인 카드였으니까.

"거래에서 가장 기본은 자신의 조건을 제시하는 것이지 않겠습니까. 먼저 의사를 내비친 쪽은 그쪽이라고 생각되는데 말입니다."

"……너와 거래를 하고자 불렀다고 생각하는가."

프란은 목소리를 깔았다.

그러자 주변에 있던 로브를 쓴 자들이 문을 막아섰다.

'갈무리 되어 있는 느낌으로 봐서는 소드 익스퍼트(Sword Expert)급. 마법사의 반열에 오른 자는 없는 걸 봐서는 다 검사겠고.'

카릴은 재빨리 그들을 살폈다. 프란을 제외하고 로브를 쓴 자들의 수는 모두 열다섯이었다.

제국기사단의 기본 조건이 소드 익스퍼트의 경지였다.

'이들 모두가 기사급이라는 말인데.'

결코 적지 않은 수.

프란의 자신만만한 태도도 충분히 이해가 갔다.
"원하는 게 뭐지?"
"말씀드렸다시피 저희는 북부로 갑니다. 화룡의 거처에 가는 이유도 황제와 관련되었습니다. 지금 상황에서 말해 드릴 수 있는 건 이 정도겠군요."
"……."
"코브는 프란 경의 영토이니 상관없겠습니다만 북부의 마지막 관문인 화이트 벙커는 다르죠. 이유는 아실 겁니다."
화이트 벙커(White Bunker). 공국에서 가장 거대한 요새이자 500년간 단 한 번도 함락이 되지 않은 절대 요새였다.
공국에서 북부로 향하는 관문이기도 한 이곳은 현재 공국의 1인자라고 할 수 있는 튤리 루레인의 영지였다.
즉, 공작령으로 분리되어 있는 공국의 영토에서 코브의 주인인 프란이 공국으로 들어오는 입구를 맡고 있다면 북부로 향하는 문은 튤리가 맡고 있다고 볼 수 있었다.
카릴의 말에 그는 예상했다는 듯 고개를 끄덕였다.
"화이트 벙커를 무너뜨리란 말도 안 되는 요구를 하진 않을 테고. 원하는 게 뭐지?"
"프란 경의 강철 함대가 내륙 안으로 진군할 수 있다면 그런 부탁을 드렸겠지만…… 아쉽게도 자랑스러운 그 강철은 너무 무거워 들고 움직일 수 없으니……."
항구에 정박해 있는 함선들을 가리키며 카릴은 익살스럽게 말했다.

“저도 그런 부탁은 하지 않겠습니다.”

그의 말에 프란은 살짝 인상이 굳어졌다.

“지금 저희 길드 사람들이 화이트 벙커에 도착해 있을 겁니다.”

“캄마 포빌.”

프란은 알고 있다는 듯 이름을 말했다.

“3주 전에 코브를 통과했었다. 일주일만 늦었어도 아마 바다를 건너지 못했겠지.”

“운이 좋았습니다.”

“혹은 실력이 좋은 걸지도. 노예왕의 항해술은 헛소문은 아닌가 보더군. 고작 열흘도 안 돼서 바다를 건너다니 말이야. 남들은 두 달은 족히 걸릴 거리를.”

카릴은 그의 말에 가볍게 웃었다.

‘다행히도 수왕이 산란기에 들어 바다로 가기 전에 아슬아슬하게 지역을 벗어났나 보군.’

포나인의 강물을 누구보다 잘 알고 있는 수안은 수왕의 산란기에 대해서도 알고 있었다. 그래서 수왕이 강물을 따라 이동하는 속도보다 더 빠르게 조류를 탔고 수왕보다 한발 먼저 바다를 통과할 수 있었다.

‘그건 그렇고 다른 항해사들의 절반도 안 되는 시간으로 해협을 건너다니……. 전생보다 훨씬 더 실력이 는 거 아냐?’

그때에도 대단했지만 무법항이라는 안정된 항구와 카릴의

아끼지 않은 지원 덕분에 탄생한 하워드호와 같은 배를 갖춘 덕분에 수안 하자르의 성장은 카릴의 예상을 뛰어넘을 정도였다.

과거에는 맥 마이스터라 불린 칼 맥과 쌍벽을 이루었다면 지금의 수안 하자르는 그보다 몇 단계는 더 위에 있다고 봐도 과언이 아니었다.

'슬슬 특작 부대를 만들 시기가 온 것일지도 모르겠어.'

라바트 길드의 검은 돛(Black Sail).

수안 하자르가 이끌었던 특작 부대는 포나인 강을 이동하며 수많은 전공을 세웠었다. 비록 전생에는 올리번의 것이었지만 카릴은 후에 있을 신탁전쟁을 대비해서 도움이 되는 것들은 모두 준비할 생각이었다.

"캄마를 지원해 주십시오."

"불가능하다."

카릴의 말을 프란은 단번에 잘랐다.

"공국에서 추방당한 귀족인 그가 자유도시의 관리자로 있다는 건 우리도 알고 있는 사실이다. 그런 자가 튤리와 거래를 트겠다고?"

애초에 말이 안 되는 소리였다.

"억만금을 준다고 해도 자존심이 강한 그녀는 죄인을 받아들이지 않을 거다."

"중요한 건 캄마가 지금 공국에 있다는 사실입니다."

"음?"

"튤리 경과의 거래? 가능합니다. 그리 어려운 일이 아니니까요."

"무슨 뜻이지?"

프란은 호언장담하는 카릴의 모습에 고개를 갸웃거리며 물었다.

"화이트 벙커에 있는 캄마를 불러들이십시오. 어차피 돌아가려면 배를 이용해야 하니까 이곳으로 올 겁니다."

"그래서?"

"보란 듯이 코브에 라바트 길드 지점을 하나 세워주시면 됩니다. 최대한 크고 화려하게. 뭐, 저희가 머물고 있는 저택을 수리하면 적당하겠네요. 수리비는 저희가 내겠습니다."

"허……."

프란은 태연하게 말하는 그를 보며 기가 막힌다는 표정을 지었다.

지금 카릴이 머물고 있는 저택이 어떤 곳인가.

시장 사람들로 인해 퇴로가 적어 감시가 용이하기 때문에 그곳으로 정했지만 그곳은 반대로 말하면 시내의 한복판. 상거래를 위한 가장 목이 좋은 금싸라기 땅이라고도 할 수 있었다.

자신이 세운 계획이 역으로 당한 것이다.

그는 당혹감을 감추지 못했다.

"프란 경의 전폭적인 지지를 받는다면 튤리 경께서 그냥 두진 않으실 겁니다. 프란 경께서 하시는 모든 일에 그분은 관심이 많으시니까요."

튤리 루레인.

그녀는 최고의 자리에 있는 만큼 의심이 많은 여자였다. 자신이 거절한 상인과 거래를 하는 것도 모자라서 지원을 아끼지 않는다는 사실만으로도 그녀는 라바트 길드에 다시 욕심을 가질 것이다.

'그녀의 성격이라면 그게 독이든 사과라 할지라도 동생에게 빼앗기고 싶어 하지 않을 터.'

카릴은 자신의 계획대로라면 코브뿐만 아니라 화이트 벙커에까지 길드의 지점을 낼 수 있을 것이라 확신했다.

제국도 하지 못한 일, 아니, 그 어떤 왕국도 공국의 입구와 출구라 할 수 있는 두 곳을 자유롭게 이용할 수 있는 상단을 가지지는 못했다.

오직 카릴만을 제외하고.

'그렇게 되면 내가 계획한 보이지 않는 제국의 한 발자국 더 가까워진다.'

남부와 북부, 자유도시와 마법 도시 그리고 공국까지. 이후 이번 일을 통해 자신의 길드가 황도에까지 영향력을 끼칠 수 있게 된다면…….

꽈악-

카릴은 자신도 모르게 쥔 주먹에 힘을 주었다.

프란 루레인은 그런 그를 보며 차갑게 말했다.

"내가 왜 그 정도까지 해야 하지? 네가 가진 정보가 얼마나 가치가 있는지 아직 모르는데."

그 순간 카릴은 일말의 지체 없이 대답했다.

"황제의 목숨이 얼마 안 남았습니다."

"……!!"

그의 말에 프란은 자신도 모르게 고개를 살짝 돌렸다. 카릴은 그의 반응을 놓치지 않았다.

시선이 멈춘 곳은 로브를 쓰고 있는 자들 중 한 명이었으니까.

"화룡의 거처로 가는 이유도 그 때문입니다. 황제의 병환을 치유할 수 있는 방법을 찾기 위해."

"어리석긴, 스스로 카드를 모두 보이다니. 그렇다면 더더욱 너의 제의를 받아들일 수 없지. 너를 이곳에 구금하면 황제를 살리지 못한다는 뜻이니까."

프란의 옆에 서 있던 자들 중 한 명이 그의 말에 콧방귀를 끼면서 말했다.

"……."

카릴은 잠깐 그를 흘겨보고는 다시 프란으로 시선을 옮겼다.

"전쟁을 원한다면 그리 하십시오. 아무리 전쟁이 부담스럽다 하더라도 자신의 목숨보다 중요한 건 없으니까. 황제가 과연 가만히 있을지……. 게다가 교단의 사제들을 무단으로 구금한다. 교단까지 적으로 돌리면 과연 떨어져 나갈 사람이 누굴까요."

제국과 바다를 사이에 두고 있는 코브는 제국의 침공에서 가장 먼저 공격받을 곳이기도 했다.

"아마 튤리 경을 필두로 다른 공작들도 프란 경을 포기하는 것이 제국·교단 연합을 상대하는 것보다 낫다고 볼 텐데요."

카릴은 손날을 세워 자신의 목을 긋는 시늉을 했다.

"네놈!! 무례하……!!"

그들 중 한 명이 앞으로 걸어 나오며 카릴을 향해 삿대질하며 소리쳤다.

촤아아악--!!

하지만 그의 말은 끝까지 이어지지 못했다. 카릴을 향한 손가락이 서서히 앞에서 위를 향했다.

쩌적…….

살점이 벌어지는 소리와 함께 뒤로 넘어지는 그는 정확하게 반으로 갈려 있었다.

"흐…… 흐아악?!"

"우악!!"

양옆에 서 있던 사람들은 두 조각이 난 시체를 바라보며 소리쳤다.

잘린 면은 차갑게 얼어 바닥엔 피 한방도 튀지 않았다.

"시정잡배들도 아니고 우두머리끼리 대화하는데 자꾸 시끄럽게 끼어들어."

카릴은 시끄럽다는 듯 귀를 만지며 인상을 구겼다.

"너……. 분명……."

프란은 동료의 시체에 대한 분노보다 오히려 의혹이 가득한 얼굴이었다.
그는 문과 천장에 그려진 마법 각인을 바라봤다.
아무런 반응도 없었다.
마법사라고 알고 있었다. 아조르의 익스퍼트 마법 경연에서 우승을 했다고 보고를 받았었다.
그래서 대비를 했었다.
'결계는 발동하지 않았다. 그 말은 마력을 쓴 게 아니라는 말인데…….'
프란은 황급히 고개를 돌렸다.
"난 한 번도 검을 못 쓴다고 말한 적 없는데?"
그의 시선을 따라 카릴 역시 검을 들어 이미 알고 있다는 듯 마법 각인이 그려진 벽을 가리켰다.
쿵-
얼음 발톱의 날이 바닥에 박혔다.
"난 황제의 목숨을 손에 쥐고 있다. 그 말은 곧 내가 황제를 병상에 있게도 옥좌에 있게도 할 수 있다는 뜻이지."
"……."
"프란 루레인, 네가 날 돕는다면 네가 튤리 루레인을 치고 공국의 일인자가 될 수 있도록 돕지."
카릴은 마치 심장을 잡은 것처럼 손바닥을 위로 향하게 한 뒤 손가락을 움켜쥐며 말했다.
"공국이 황제로부터 안전하게 만들어줄 수 있다."

"……!!"

카릴은 천천히 고개를 돌렸다.

"대답해."

조금 전 프란이 시선을 주었던 사람이었다.

두 사람을 번갈아 보며 담담한 목소리로 카릴은 말했다.

"그래서 할 거야 말 거야?"

"어딜 갔다가 이제……."

툭-

유린 휴가르가 밤 늦게 돌아온 카릴을 향해 뭐라 한마디 하려던 찰나, 카릴은 그에게 뭔가를 던졌다.

닻 문양이 새겨진 금화였다.

"이건……?"

"코브뿐만 아니라 남은 프란 경의 영지를 통과할 수 있는 증표입니다. 게다가 이게 있으면 화이트 벙커까지고 무사히 지나갈 수 있답니다."

유린은 금화를 바라봤다.

닻 모양이 각인되어 있는 증표는 오직 프란 루레인이 인정한 중요한 객에게만 제공되는 것이었다.

"이걸……."

"유린 경께서 단단히 준비를 해야 한다고 하지 않으셨습니까. 그래서 준비했죠."

기가 막혔다. 도대체 무슨 마술을 부린 것인지 이해가 가지 않아 유린은 그저 카릴을 멍하니 바라볼 뿐이었다.

"아 참, 칼은 저희가 돌아올 때까지 이곳에 머물 겁니다. 저희들과 달리 그 친군 화룡의 거처와는 어울리지 않으니까."

항해술만큼은 발군인 그였지만 육체의 능력은 일반인에서 크게 벗어나지 않았다. 게다가 세 사람과 달리 황제의 일을 알지 못하는 그였기에 끝까지 함께 간다는 건 어려운 일이었다.

조이와 유린은 카릴의 말에 고개를 끄덕였다.

'뭐, 그걸 떠나서 칼은 여기서 해야 할 일이 수두룩하니까.'

굳이 두 사람에게 이런저런 일들까지 얘기할 필요는 없었다.

'대충 언질을 주었으니 눈치 빠른 캄마가 알아서 잘하겠지. 칼과 수안의 만남이라……. 그걸 보지 못하는 게 아쉬운걸.'

카릴은 옅은 미소를 지었다.

"클클…… 일주일만 달랬던 시간이 벌써 한 달도 훌쩍 넘어갔군. 아직도 결정을 못 한 거냐. 어이, 이제는 진짜 제국으로 다시 돌아가야 하지 않아?"

동굴 속에서 낮은 웃음소리가 들렸다.

"……."

천장이 보이지 않을 정도로 깊은 지하 속에서 거대한 뭔가가 얼어붙어 있었다.

그 시간이 너무나 오래돼서 검으로도 깰 수 없을 정도로 두꺼웠지만 얼음은 다이아몬드처럼 투명했다.

기둥 안에 들어 있는 검은 물체.

마치 오랜 세월 보관을 하기 위해 누군가 인위적으로 동결시킨 것 같았다. 그 안에는 알 수 없는 고대어가 빼곡하게 적혀 있었다.

"이걸 내게 보여주는 이유가 뭐였나. 그리고 넌 언제부터 알고 있었던 거지?"

그 얼음 기둥 앞에 서 있는 남자.

크웰 맥거번.

이미 제국으로 돌아갔어야 할 그는 아직도 북부에 발이 묶여 있는 상태였다.

어째서일까.

그의 눈빛이 흔들렸다.

"흐음, 뭐……. 우리야 너희들과 달리 포나인의 괴물이나 구릉의 주인 같은 괴물들에 구애받지 않고 대륙을 횡단할 수 있는 유일한 존재니까."

"비공정을 자랑하라는 게 아니고 이걸 알게 된 게 언제냐고 묻는 거다."

크웰이 낮게 으르렁거리듯 말하자 고든은 옆에 끼고 있던 술통을 들어 들이켜며 웃었다.

"성질은……. 제국의 기사라는 녀석이 내내 잡아먹을 듯 노려보기나 하고 말이야."

"도대체……."

고든은 그의 말을 끊었다.

"크웰, 내가 다른 녀석들을 제치고 제국에서 제일 마음에 안 드는 네 녀석에게 이걸 보여준 이유가 단순히 네가 북부에 있어서라고 생각하나?"

고든은 품 안에 커다란 파이프를 꺼내 입에 물었다.

탁-

손가락을 튕기자.

"여긴 나 말고는 아무도 모른다. 제이건조차도 말이야. 그 녀석이 알게 되면 황제의 귀에 들어갈 테니까."

"……."

"눈에 힘 좀 풀어. 자식들이 뭘 하고 있는지 정도야 가장으로서 알고 있어야지. 난 딱히 녀석이 싫지 않아. 아니, 오히려 마음에 드는 쪽이지. 그래서 부단장 자리에 앉혀놓은 것이기도 하고."

고든은 있는 힘껏 연기를 빨아들인 다음에 그대로 뱉지도 않고 술을 들이켰다.

"클클, 녀석이 있으면 용병단이 최소 망하진 않을 것 같으니 말이야. 하지만 너라면 내 말이 무슨 뜻인지 알겠지."

용병단 내부의 일을 말하고 싶어서 꺼낸 것이 아니었다.

"이건 황제도 모르는 일이라는 말이다."

고든은 비워 버린 술통을 옆으로 던지면서 말했다.

"황궁에서 꼬마들을 만났었다. 셋 다 재밌는 녀석들이더군. 네가 어째서 둘째를 선택했는지도 이해가 가고 말이야. 하지만……."

그는 마치 오래된 친우를 대하듯 크웰의 어깨를 가볍게 두들기며 말했다.

"제국에서 너 말곤 이걸 믿고 보여줄 만한 자가 없더군. 골치 아픈 일을 떠넘긴 것일지 모르지만 적어도 네 눈은 틀리지 않을 것 같거든. 적법한 왕이 누구인지 결정하는 눈 말이야."

동굴을 빠져나가며 고든은 다시 한번 파이프를 빨아 넘겼다.

"생각보다 시간이 지체됐다. 더 있다가는 비공정이 얼어붙어 뜨지도 못할 것 같으니. 속성석을 가는 것도 일이니 말이야. 빨리 그 꼬맹이가 새로운 엔진을 만들어 오면 좋겠는데."

"꼬맹이?"

"뭐, 발랑 까진 녀석 하나 있다. 애송이 주제에 내 주먹을 받아낸 놈이거든."

크웰은 고든의 말에 살짝 놀란 얼굴로 그를 바라봤다.

고든 파비안이 어떤 자인가.

언제나 거칠고 제멋대로인 듯 보이지만 적어도 승부에 있어서만큼은 누구보다 냉정한 자였다.

'기사들조차도 고든의 주먹을 받아내는 것은 쉬운 일이 아니다.'

고든은 기억을 떠올리며 피식 웃었다.

"아니지. 반격까지 했으니 웬만한 어중이떠중이보다 훨씬 낫지. 솔직히 계약 따윈 상관없어. 지금으로도 비공정은 충분하니까. 하지만 녀석의 성장은 궁금할 정도야."

"반격이라……. 고든 포비안도 한물갔군. 네 말대로 애송이에게까지 반격을 허용하고."

"푸헤, 너도 그 녀석을 보면 생각이 달라질걸? 소드 마스터라든지 마법사의 반열에 오른 그런 경지가 아니다. 순수하게 전투 감각으로 한 일이니까."

"……."

"뭐, 잡설은 여기까지. 선택은 네게 맡기겠다. 어차피 내가 '저 녀석'을 쓸 일은 없을 것 같으니 말이야."

그는 귀찮다는 듯 대충 손을 저으며 작별 인사를 대신했다.

"다음엔 따뜻한 곳에서 보자고."

동굴의 계단을 올라가는 그를 크웰이 불렀다.

"고든."

고든이 발걸음을 멈추고 고개를 돌려 그를 바라봤다.

"조금 전 그 애송이의 이름이 뭐지?"

"너도 흥미가 가는가 보지? 근데 내가 왜 알려줘야 하지? 제국에 빼앗기고 싶지 않은 인재인데. 또 모르잖아? 정말 내 후계자로 둘지 말이야."

고든은 마치 놀리듯 크웰을 향해 장난기 섞인 목소리로 말했다.

"흥……."

크웰 맥거번은 고든의 말에 낮게 혀를 찼다.

"크크크."

그를 이렇게 대할 수 있는 사람은 대륙에서 고든이 유일할 것이다. 그는 다시금 계단을 오르며 지나가는 듯 말했다.

"카릴, 그런 이름이었다."

"……!!"

그 순간 크웰의 눈은 얼음 기둥을 발견했을 때보다 더욱 커졌다.

"어후……. 춥네요. 카릴 님은 괜찮으십니까?"

"네. 뭐……. 추위에 조금 강하거든요."

겨울용 로브를 몇 겹이나 두른 조이와 달리 카릴은 그저 망토 하나만을 걸치고 있었다.

그는 오랜만에 보는 눈보라에 감회가 새로운 듯 손을 펼쳤다.

'눈을 만져본 게 1년이 훌쩍 넘었네.'

비록 자신이 살던 북부와는 다른 위치지만 도망쳤던 이 추위가 왠지 그리운 감정으로 자신에게 돌아와 어쩐지 묘한 기분이 들었다.

화이트 벙커를 통과할 때 혹여나 문제가 생기지 않을까 걱정했지만.

'지체되지 않아서 다행이야. 언젠가 튤리 루레인도 만나야겠지만 지금은 아니지. 그녀와 프란이 일으킬 전쟁은 앞으로 반년이나 남았으니까.'

첫 단추는 이미 끼웠다. 튤리 루레인이 스스로 자신을 찾아오기 전까지 그녀를 마주치지 않는 것이 중요했기 때문이다.

'안달이 나게 만들어야지. 도도한 눈꽃이 스스로 걸어 나오게 말이야.'

카릴은 오랜만에 그녀의 얼굴을 떠올리며 웃었다.

"뭐 즐거운 일이라도 생각나셨습니까?"

"네?"

"웃고 계셔서 말입니다."

조이의 말에 그는 고개를 끄덕이면서 말했다.

"별거 아닙니다. 레어에 도착해서 그런가 봅니다. 저기 보이네요."

속내를 감추며 뻗은 손가락이 가리키는 곳엔 세차게 내리는 눈보라에도 아랑곳하지 않고 화염이 피어오르는 커다란 활화산 하나가 있었다.

"대단하군."

유린의 감상은 다른 이들과도 마찬가지였다. 아직도 꺼지지 않는 정상의 불꽃은 마치 레드 드래곤이 살아 있는 것처럼 느껴졌으니까.

'오랜만이네.'

카릴은 마치 북부의 추위를 다시 느꼈던 것처럼 화룡의 거처를 바라보는 그의 눈빛은 분명 두 사람과는 달랐다.

'그때는 나르 디 마우그와 함께였었지만.'

지금은 혼자다.

생각해 보면 드래곤 중에 유일하게 그만이 인간의 일에 관여를 했었다. 회색교장을 열어주고 화룡의 거처의 봉인을 풀고 수많은 전쟁에 참여했으며 마지막으로 자신을 과거로 보내는 것을 돕기도 했었다.

카릴에게 백금룡은 단순히 고마운 존재 그 이상이었다.

"……."

하지만 알른 자비우스가 했던 말 역시 잊지 않았다.

-너는 과연 그를 믿을 수 있는가.

카릴의 얼굴이 살짝 굳어졌다. 여전히 그 부분은 혼란스러웠다. 그렇기 때문에 나르 디 마우그를 찾아 그의 레어에 가는 것보다 먼저 이곳에 온 것이기도 했다.

'리세리아의 보고에 있는 유물.'

드래곤의 레어답게 화룡의 거처에는 많은 보물이 있었다.

청린보다는 조금 떨어지지만 오리하르콘이라는 특수한 광맥에서만 나는 광물로 만들어진 무구들이 잔뜩 있었다.

오리하르콘 역시 청린과 마찬가지로 이제는 구할 수 없는 광물이었으니 그 가치는 말할 것도 없었다.

'물론 이제는 청린도 다시 구할 수 있지만…….'

여전히 오리하르콘제 무구들은 돈을 주고도 구할 수 없는 물건인 건 맞았다. 만약 그 무구들을 나르 디 마우그가 구해주지 않았더라면 인류는 타락과의 전쟁에서 힘겨운 싸움을 할 수밖에 없었을 것이다.

'하지만 어차피 그것들은 청린제 무기에 비한다면 한 수 아래.'

이미 얼음 발톱을 가지고 있는 카릴에게는 필요 없지만 추후에 남부의 야만족 부대를 레어에 있는 오리하르콘제 무구로 무장시킬 수 있다면 기사단에 버금가는 전투력을 갖게 할 수 있었다.

'250년 전 카이에 에시르에게 사냥당한 뒤 시간이 지났지만 용마력이 없는 인류가 찾을 수 있는 보물은 한계가 있었다.'

이제 더 이상 백금룡이 내리는 은혜를 그저 고맙게 받기만 하던 자신이 아니다.

'지금 이곳은 그가 봉인을 풀기 전. 아직 제국이 찾지 못한 보물들이 그대로 남아 있다.'

끝으로 카릴은 카이에 에시르가 했던 말을 떠올렸다.

-탐하라.

자신을 스쳐 갔던 과거의 인물들의 말을 하나씩 새기며 그는 천천히 레어 안으로 발걸음을 옮겼다.

'이번엔 내가 모두 가지겠어.'

카릴은 눈을 빛냈다.

그가 이곳에 와야 할 목적은 하나였으니까.

황제의 독을 풀기 위한 약초라든지 오리하르콘으로 만들어진 무구 같은 것이 아닌 진짜 레드 드래곤 리세리아의 보물.

화염의 정수, 아인 트리거 (Ein Trigger).

▸Chapter 4◂

"우아……. 여기가 레드 드래곤이 살던 곳이군요."

조이 요한셀은 마치 어린아이처럼 레어 여기저기를 두리번거리며 말했다. 들뜬 모습에서 그가 왜 유적 탐사를 도맡아 했었는지 알 것 같다는 생각이 들었다.

멀리서 봤을 때도 불타는 활화산의 위용은 어마어마했지만, 막상 레어 안으로 들어오니 그 규모는 더 대단했다.

250년 전 카이에 에시르로 인해서 리세리아가 사냥당한 이후 이곳에 있던 몬스터들은 이미 제국의 병사들로 인해 토벌된 상태였다.

"이런 말 하면 그렇지만 꼭 관광을 온 것 같네요. 함정도 해지 되어 있고 비어 있는 레어니 말이에요. 여기서 그 서슬가시라는 것을 구하면 되는 건가요?"

"그렇죠. 아마 레어 안쪽에 있을 겁니다."

카릴은 화룡의 거처에 들어오기 전 입구에서 두 사람 몰래 뽑은 서슬가시의 잎들이 든 주머니를 가볍게 두들겨 봤다. 활화산 아래에 자라고 있는 화염초인 그것은 잡풀과 다르지 않게 생겨 지금 시대의 사람들은 이게 어떤 효능을 하는지 알지 못했다.

'미명의 해독초는 이미 구해뒀고 너희가 해줄 일은 나와 함께 최하층으로 가서 리세리아의 봉인을 푸는 일이지.'

카릴은 조이와 유린을 바라보며 흐뭇하게 웃었다.

"레어 안쪽에 있다는 건 네가 어떻게 알지? 내부는 제국의 귀족들 중에서 소수만이 알고 있는데."

"저희 길드의 캄마가 공국의 귀족이었다는 걸 아실 텐데요. 250년 전에 카이에 에시르를 필두로 한 제국 시대 때 이곳은 제국의 영토였지만 지금은 공국의 땅이죠. 공국 역시 화룡의 거처에 대한 정보를 가지고 있습니다."

"흐음……."

유린은 여전히 미심쩍다는 표정으로 그를 바라봤다.

그런 그를 향해 카릴은 막힘없이 말했다.

"하지만 그것보단 타투르의 암시장 덕분이긴 하지만요. 유명한 말이 있지 않습니까. 암시장에서 구할 수 없다면 황제도 구할 수 없다는 말."

"그렇군. 기밀들도 사고판다는 말이군."

제국의 귀족들과 관계가 깊은 유린 휴가르는 카릴의 말에 못마땅한 듯 인상을 구겼다.

카릴의 예상대로 그 역시 귀족일 가능성도 농후했고 말이다.

“하하, 캄마 포빌 같은 자는 어디든 있는 법이니까요. 뭐, 그래도 전 그를 좋아합니다. 제 입장에선 유능한 관리자 중 한 명이니까요.”

목소리의 떨림도 고민의 흔적도 없이 카릴은 유린에게 대답했다.

“어쨌든 화룡의 거처 안쪽에 있는 보물 중에 폐하께 도움이 되는 것이 아직 남아 있습니다. 믿기 어려운 일이겠지만 충분히 조사해 볼 가치가 있는 일이지 않습니까.”

“그렇기 때문에 먼 이곳까지 온 거지. 하지만 성과가 없다면 각오해야 할 거다.”

카릴은 유린의 으름장에도 가볍게 웃었다.

‘그럴 일은 절대 없으니까.’

마치 거대한 신전 같은 화룡의 거처는 지하로 내려가는 계단만 하더라도 수백 개였다.

“……”

입구에 진입했을 때만 해도 들떠 있던 조이 요한셀도 점차 말 수가 줄어들어 이제는 차오르는 숨을 토해내며 묵묵히 걸을 뿐이었다.

“이거…… 엄청 기네요.”

지하로 내려갈수록 점차 더워지더니 이제는 가만히 있어도 땀이 주룩주룩 흘렀다. 그렇게 내려왔던 만큼을 다시 한번 더 내려갔을 때 조이는 결국 지쳐 주저앉고 말았다.

"후아……!!"

후들거리는 다리와 땀범벅이 된 로브를 벗어 던지며 그는 소리쳤다.

"조금만 쉬었다 가면 안 될까요?"

그의 말에 카릴은 고개를 끄덕이고는 수통을 건넸다. 기다렸다는 듯 벌컥벌컥 물을 들이켠 조이는 그제야 살 것 같다는 표정을 지었다.

"이거 정말 규모가 엄청나네요. 거의 반나절은 내려온 것 같은데……."

조이는 이따금 날아다니는 위습들만이 남아 있는 적막한 레어에 대한 감상을 짧게 말했다.

"제국의 탐사대가 이곳을 조사하는 것만 수십 년이 걸렸으니까. 우리가 내려온 거리만큼 모두 마물이 있었다고 생각해 봐."

"……끔찍하네요."

조이는 주위를 둘러보며 고개를 저었다.

드래곤의 레어는 상상을 초월한다. 하루 이틀에 공략을 할 수 있는 그런 곳이 아니었다.

죽은 리세리아의 레어가 이럴 진데 현존하는 나르디 마우그의 레어를 공략하는 것은 결코 쉬운 일이 아니었다.

그들이 멈춘 곳은 커다란 공동이 있는 지하였다. 넓은 공간 끝에는 지금까지와는 달리 내려가는 입구가 다섯 개로 갈려져 있었다.

그리고 그 앞에는 고대어가 적혀 있었다.

우우우웅…….

조이 요한셀이 다섯 개의 입구 중 한 곳에 다가가자 그 앞에 세워져 있던 비석이 반응하듯 옅은 빛을 뿜어냈다.

깜짝 놀라 주춤하던 그는 비석의 글을 읽어 내렸다.

"다섯이 하나가 되었다 다시 둘로 나뉜다?"

유린은 그를 바라보며 물었다.

"읽을 수 있단 말이야? 자네, 고대어도 공부를 한 적이 있나?"

"네……. 뭐, 조금. 마도 시대에 남아 있는 유적들은 대부분 고대어가 남아 있으니까요. 탐사를 위해서 조금 공부를 하긴 했습니다만……."

조이는 유린의 대답에 스스로도 미심쩍다는 표정으로 그 옆에 있는 입구의 비석을 바라봤다.

우웅…….

조금 전과 마찬가지로 다시 한번 빛이 일더니 비석에 적혀 있는 문장을 그가 읽었다.

"넷은 셋이 되었다 일곱이 된다."

"무슨 뜻이지?"

"글쎄요. 저도 잘 모르겠습니다. 그런데……."

고대어를 읽고 난 조이 요한셀은 표정을 씰룩이면서 말했다.

"저…… 이 정도로 고대어를 잘하는 게 아니거든요."

"그게 무슨 소리야."

유린은 되레 울상이 된 그를 바라보며 이해가 안 간다는 표정을 지었다.

"제가 어떻게 이렇게 고대어를 잘 읽죠?"

"……."

한 대 때리고 싶다는 표정으로 유린이 조이를 바라봤지만 그의 모습은 어쩐지 진지했다.

"조이 경께서 글을 읽는 게 아니라 글이 들리는 것 아닌가요? 머릿속이라든지…… 뭐 입안에 맴도는 것 같은 느낌이라든지."

"맞습니다! 바로 그거예요!"

카릴의 말에 조이 요한셀은 격하게 고개를 끄덕이면서 대답했다.

"신기하네요. 무슨 내용이지……. 다른 곳들도 좀 읽어봐 줄 수 있으십니까?"

"그러죠."

조이는 카릴의 말에 서둘러 나머지 입구들의 비석을 작동시켰다.

'읽히는 게 당연한 일이야. 당신이 사제니까. 리세리아가 만들어놓은 봉인 중 하나가 바로 저 비석에 신성력을 반응시키는 것이니까.'

왕성한 그의 호기심 덕분에 일이 생각보다 쉽게 풀렸다.

"후우…… 모두 다 읽어봤습니다."

"무슨 내용이던가요?"

"일곱은 다시 열이 더해지지만 원래 하나다."

조이는 차례차례 비석의 내용을 말했다.

"열일곱 중 다섯은 공석이나 둘은 영원히 바뀌지 않는다."

"위를 향하는 자가 있으면 아래를 보는 자도 있다."

마지막 비석의 내용은 유린이 읽었다.

그는 어깨를 가볍게 으쓱하면서 조이 요한셀을 향해 고개를 끄덕였다.

"정말 네 말대로군. 고대어를 배우지 않은 나도 이 비석의 내용이 읽혀."

그 역시 신성력을 가진 사제이기 때문에 가능하다는 것을 알지 못하는 유린으로서는 의문 가득한 얼굴로 말했다.

"이건 신의 이야기군."

"네?"

"조이, 교리의 첫 구절을 떠올려 봐라. 태초의 신이 있었으며 그 신에겐 넷의 자식이 있었다."

"아……! 그 넷은 차원을 두고 경쟁을 했으며 그중 하나가 사라졌고 셋 중 둘이 만나 새로운 자식이 태어났다. 그리고……."

유린은 조이의 말에 고개를 끄덕였다.

"그래 신화 속의 신들 역시 인간과 크게 다르지 않아. 우리가 모시는 율라는 마지막 살아남은 열일곱의 신 중 하나니까. 다섯이 공석이고 둘은 영원히 바뀌지 않는다. 이 말은 마지막 열일곱의 신 중 소멸한 다섯을 말하는 거겠지."

"그리고 둘은 열일곱의 신을 낳은 두 신을 뜻하는 것일 테고요."

"맞아."

카릴은 두 사람의 대화를 들으며 생각했다.

'율라 이외에도 많은 신이 존재한다고 생각하니 끔찍하군. 그 많은 녀석을 모두 족쳐야 한다니.'

빠득-

그는 자신도 모르게 이를 갈았다.

누구보다도 신에 대해서 잘 알고 있는 사람은 자신이었다.

"하지만 어차피 다른 신들은 그냥 책에 나오는 것뿐이지 않습니까. 오직 율라만이 대륙을 관장하는 유일신이니까요."

조이는 성호를 그으며 말했다.

'그렇게 믿었지, 모두가.'

제국 전쟁이 끝나고 난 뒤 내려질 신탁(神託). 인류가 멸망에 위기에 놓인 신탁전쟁에서 타락 이란 괴물을 쏟아 내는 거대한 탑, 파렐(Pharel)을 이곳에 소환시킨 건 율라가 아니다.

'그리고 마족과 악마들까지……. 인정하고 싶지 않지만 그 모든 것이 다 신들의 피조물이다.'

어쩌면…… 250년 전 죽었던 리세리아는 신탁전쟁을 예견하고 있었던 것일지도 모른다.

'드래곤이란 존재 자체가 나머지 신들도 분명 존재한다는 걸 알고 있었던 걸지도.'

생각하고 싶지 않지만 만약 그렇다면 같은 드래곤인 나르디 마우그 역시 이를 알 수도 있다는 말.

'어차피 만나게 되면 알 일이야.'

카릴은 의혹을 떨쳐내기라도 하려는 듯 고개를 세차게 저었다.

"머릿속으로 울리는 고대어라……. 레어의 마법이 아직 발동하고 있다는 뜻일까. 그런데 어째서 드래곤의 레어에 교단의 교리가 적혀 있는 거지."

"드래곤은 마도 시대보다 훨씬 더 이전에도 존재했으니까 그런 거 아닐까요."

"드래곤을 보지 못해서 그런 얘길 할 수 있는 거다. 녀석들은 귀족 따윈 코웃음 칠 정도로 콧대가 높은 존재들이니까. 자신들이 최고라 생각하거든."

유린의 말은 틀리지 않았다. 그들이 자신의 공간에 다른 존재의 이야기를 새겨 넣는다는 건 이상한 일이었으니까.

'하지만 그럴 수밖에 없지. 이 안에 있는 건 드래곤뿐만 아니라 신과도 관련이 있는 물건이니까.'

화룡의 거처에서 발견한 가장 위대한 보물은 정작 레어 안에 있는 물건이 아니었다.

리세리아의 뼈로 만들어졌다고 알려져 있는 검, 영원한 불꽃(Eternal Frame). 카이에 에시르가 직접 주조한 이 검은 청린으로 만들어진 것은 아니지만 마도시대의 유물보다도 더 가치가 있는 물건이었다.

'블레이더(Blader)란 단체가 남긴 무구들보다 뛰어난 몇 안 되는 보물 중 하나.'

카릴은 지금 생각해 보면 그 검이 란돌이 썼던 해방된 불꽃과 비슷하게 생겼다는 걸 떠올렸다.

'그 검을 모티브로 해서 카이에 에시르가 만든 것일지도 모르지.'

어쩌면 카이에 에시르 역시 블레이더가 아니었을까 하는 의문이 들기도 했다.

'혹은 그 유지를 잇는 자일 수도…….'

하지만 지금은 그게 중요한 것이 아니었다.

'블레이더에 대한 흥미는 동하지만 지금 중요한 건 그보다 화룡의 정수를 얻는 것이니까.'

신탁이 내려진 뒤 나르 디 마우그가 레어의 봉인을 풀고 올리번에게 바쳤던 보구 중 하나, 아인 트리거(Ein Trigger).

"그런데 이제 어디로 가야 하죠?"

조이는 다섯 개의 비석이 빛을 뿜어내다 사라지는 것을 보고는 입구 중 어떤 걸 골라야 할지 몰라 난처한 얼굴로 카릴을 바라봤다. 자신들이 리세리아의 봉인 중 첫 번째를 풀었다는 것을 알 리가 없을 것이다.

그리고 봉인이 풀리고 난 뒤.

'지금까지의 탐사대들은 이대로 다섯 개의 입구를 내려갈 뿐이었겠지.'

계단을 내려가는 것은 함정이다.

아무것도 없는 공터만이 있을 뿐이었으니까.

단지 다섯 개의 입구 중 한 곳에 오리하르콘으로 된 무구들이 보관되어 있는 창고가 있을 뿐이었는데 그곳에도 마법식이 각인되어 있어서 그 결계를 푸는 데에만 수년이 걸릴 것이다.

'무구들이야 궁정마법사인 카딘 루에르가 결계를 해독하기까지 어차피 시간이 걸리니까……. 그전에 사람들을 와서 옮기면 그만이고.'

카릴은 세워져 있는 비석 중 하나로 다가갔다.

[위를 향하는 자가 있으면 아래를 보는 자도 있다.]

'더 이상 입구는 없다. 왜냐면 여기가 바로 리세리아의 봉인진이 있는 곳이니까.'

그는 천천히 마력을 끌어 올렸다. 그러자 카릴의 용마력과 반응을 하는 비석에 쓰여 있는 문구 중에 '위'와 '아래'를 뜻하는 두 개의 단어가 붉은색으로 변하기 시작했다.

[물러나라.]

그때였다. 인간의 목소리가 아닌 뭐라 형용할 수 없는 머릿속에 들리는 울림.

카릴은 천천히 얼음 발톱 위에 손을 얹으며 눈을 빛냈다.

'나왔군.'

카릴이 짚은 비석의 바닥에서 붉은 줄이 생기더니 나머지 4개의 비석과 이어지면서 커다란 마법진이 생겨났다.

우우우웅……!!

바닥이 흔들리면서 강렬한 돌풍이 세 사람을 덮쳤다.

"뭐, 뭐지?!"

"이봐, 무슨 짓을 한 거야!"

영문을 알지 못하는 두 사람은 카릴을 향해 소리쳤지만 흙먼지를 일으키는 소용돌이가 사라지더니 그 자리에 붉은색의 구체 하나가 생성되었다.

"정령……?"

조이 요한셀은 일렁이는 빛을 바라보며 놀란 듯 소리쳤다.

있을 수 없는 일이었다. 마도 시대보다 마력이 약해진 지금은 마법뿐만 아니라 정령의 존재 역시 사라진 지 오래였으니까.

아주 소수의 정령술사들이 남아 있을 뿐이지만 인간계와 정령계가 단절되다시피 한 지금 상황에서 그들이 부리는 정령은 1클래스의 마법보다도 못한 하급들뿐이었다.

"조이, 정신 차려. 정령의 존재가 미비해진 것이 언젠데……. 의사 표현이 가능한 정령이라고? 아직 인간계에 상급 정령이 남아 있을 리가 없잖아.”

“그, 그렇긴 하네요.”

유린은 나름 논리적으로 얘기했지만 아쉽게도 그의 말은 틀렸다.

화룡의 거처에 숨겨진 보물, 아인 트리거(Ein Trigger).

그건 확실히 5대 정령왕 중 한 명인 폭염왕(暴炎王) 라미느의 힘이 담긴 보주였기 때문이다.

‘정령왕이라는 존재는 사라진 지 오래지만 유일하게 그 힘이 남아 있는 유물이 바로 저 보주다.’

우스갯소리로 비전의 샘에서 정령왕을 만날 수 있지 않을까 알른과 얘기를 한 적도 있지만 예상대로 비전의 샘엔 우레군주라 불리는 쿤겐의 잔해는 남아 있지 않았다.

‘뭐……. 비전력을 얻은 것만으로도 충분한 수확이긴 하지.’

정령력이 거의 소실된 인간계에서 정령왕의 힘이란 비교 불문 엄청난 가치가 있는 물건이었다. 화룡의 뼈로 만든 영원한 불꽃과 함께 폭염왕의 힘이 봉인되어 있는 아인 트리거의 조합.

‘그 두 개의 무구로 올리번은 옥좌에만 앉아 있는 왕이 아닌 전장에서 직접 타락을 쓸어버리는 장군으로서 사람들에게 각인될 수 있었지.’

다만.

‘이상한데…….’

아인 트리거의 정체를 알고 있는 카릴 역시 그것을 보면서 당혹스럽기는 마찬가지였다.

[어째서 이곳에 너희와 같은 필멸자들이 있는 것이지? 분명 리세리아는 나에게 안식을 약속했거늘.]

똑똑히 들리는 목소리.

전생에 그는 나르 디 마우그와 함께 화룡의 거처에 왔던 적이 있다. 그리고 보주를 회수하는 과정까지 모두 직접 봤었다.

보주가 라미르의 힘이 담겨 있는 것은 사실이지만 라미르 그 자체가 봉인되어 있다는 걸 의미하는 것은 아니었다.

'그 당시에 내가 마력이 없었기 때문인 걸까……? 그때도 다른 사람들은 똑같이 저 목소리를 들었던 걸까.'

카릴은 기억을 떠올렸다.

그리고 지금 자신의 옆에 있는 두 사람을 바라봤다.

조금 전 들렸던 목소리에 할 말을 잃은 듯 굳어 있는 표정은 결코 전생에서는 볼 수 없던 반응이었다.

'그래. 확실히 보주에서 라미느의 목소리가 이렇게 선명하게 들린 적은 없었다.'

마치 정령왕이 지금 눈앞에 있는 것 같이 생동감 있는 목소리였다.

도대체…… 지금의 결과를 전생과 다르게 만든 것일까.

[너로군.]

그때였다.

보주가 서서히 내려와 카릴의 정면에서 멈췄다.

[이 봉인을 풀 수 있었던 이유가.]

"……!!"

[어째서 드래곤이 없고 필멸자만 이곳에 있는가 했더니 용마력을 지닌 인간이라……. 수천 년을 살아왔지만, 너와 같은 자는 딱 한 명밖에 본 적이 없다. 실로 오랜만이군.]

"자, 잠깐!!"

카릴은 황급히 고개를 돌렸다.

그러나 유린과 조이는 어쩐 일인지 조금 전과 달리 그저 멀뚱히 떠다니는 구체를 주시하고만 있었다.

[걱정 마라. 네게만 들리는 말이다.]

순간 주위가 어두워졌다. 원래도 어두웠지만 그것과는 달리 마치 공간이 격리된 것처럼 완벽한 어둠이 카릴의 주위에 내렸다.

[용마력을 지닌 인간을 보통 평범한 시선으로 볼 리가 없으니까. 그전에 내가 봤던 그자의 말로도 그랬지.]

조금 전 뒤에 있던 유린과 조이가 보이지 않았다.

오직.

이곳은 카릴과 아인 트리거 둘만이 존재했다.

[용마력을 지닌 인간의 삶은 결국 두 가지 중 하나일 수밖에 없으니까.]

잠깐이지만 보주를 감싸고 있는 화염이 일렁거렸다.

[영웅이 되든지 악당이 되든지.]

그럴 리가 없는데 마치 그 말을 하고 있는 보주가 웃고 있는 것 같은 느낌이 들었다.

[결코, 평범해질 순 없다.]

카릴은 고개를 들었다. 그의 말에 차갑게 웃었다.

"다행이군. 애초에 그럴 생각도 없었어. 마력이 없던 내 삶도 애초에 평범하진 않았거든."

그러고는 어쩐지 떠오르는 옛 생각들에 살짝 입술을 깨물었다.

"그저 드래곤의 보물을 가져가겠다는 생각으로 가볍게 왔을 뿐인데. 쓸데없는 기억까지 떠오르게 만들어주는군. 짜증나지만 그럼 묻지. 어째서 내게 말을 건 거지?"

[그건 나 역시 궁금한 일이다. 리세리아의 봉인을 푼 것은 네 마력이라 할지라도 나와의 대화는 불가능한 일인데…….]

보주는 카릴의 주위를 한 바퀴 천천히 감싸듯 맴돌았다.

[나는 이곳에 머물며 리세리아와 계약을 했다. 그는 허물어져 가는 정령계에서 나를 안식에 이끌어주고 그 대신 나는 오직 드래곤에게만 나의 힘을 허락하리라고.]

카릴은 그의 말에 생각했다.

'그렇군. 어째서 카이에 에시르가 황제의 검을 청린이 아닌 화룡의 뼈로 만든 것인지 이제야 알겠어.'

자신도 모르게 손뼉을 딱! 하고 치고 싶을 만큼 모든 것이 맞아 떨어졌다.

눈속임.

인간은 용의 마력을 가질 수 없다. 조금 전 그 말이 사실이라면 인간은 화염의 정수를 쓸 수 없다는 말이기도 했다.

하지만 인간의 마력보다 더 강렬하고 짙은 마력을 가진 검이 있지 않은가.

영원한 불꽃(Eternal Flame).

'리세리아의 뼈로 만든 마법검을 쥐고 있으면 인간이 아닌 드래곤이라 착각하게 만들 수 있는 거야. 그러니 아인 트리거조차 속일 수 있었던 거였고.'

그건 확실히 청린으로도 할 수 없는 일이다.

소름이 돋는 기분.

이것은 정령왕과 드래곤의 맹약을 알지 못하면 불가능한 일이었으니까.

직접 두 개의 무구를 쓰는 것을 봐왔던 카릴조차 몰랐다.

'카이에 에시르는 그 사실을 알고 있었던 걸까? 영원한 불꽃이 아인 트리거를 쓰기 위한 열쇠라는 걸.'

카릴은 이제는 볼 수 없는 그의 존재가 다시 한번 궁금해졌다.

[네가 용마력을 가지고 있다 한들 네가 인간임을 안 이상 나는 네게 힘을 빌려줄 이유는 없다. 하나 호기심이 생기는군. 어째서 인간인 네가 나와 대화를 나눌 수 있는 것이지?]

그의 물음에 카릴은 어깨를 으쓱했다.

"그건 나 역시 마찬가지. 솔직히 나도 당혹스럽긴 마찬가지야. 아인 트리거가 그저 폭염왕의 힘이 담긴 보주라고만 알고 있었으니까. 설마 그 안에 정령왕이 정말로 봉인이 되어 있을 줄이야."

카릴은 기가 차다는 표정으로 말했다.

[그렇군.]

화르르륵--!!

순간 구체에서 일렁이는 화염이 커지면서 작은 인간의 형상을 만들어냈다.

[너는 단순히 용마력만 가지고 있는 것이 아니군. 용의 마력이 속성이 없다곤 하지만 그렇다고 정령의 힘까지 닿아 있는 것은 아니니까.]

뭔가를 알아차린 그와 달리 정작 당사자인 카릴은 이해를 하지 못했다.

[너…….]

라미느의 형상이 천천히 그를 가리켰다.

[비전의 샘에 갔었군.]

"……!!"

그의 말이 끝남과 동시에 카릴의 양팔에서 알 수 없는 마력이 번뜩였다.

지직…… 지지직……!!

한쪽에는 새하얀 빛이 그리고 반대쪽엔 검은 어둠이 일렁였다. 두 힘은 카릴의 의지와 상관없이 팔에서 흘러나와 뒤엉키자 익숙한 보랏빛의 마력으로 변했다.

"……네 말대로 나는 비전의 샘에 갔었다. 하지만 거긴 정령과 관련된 것은 아무것도 없었어."

[그래 아무것도 없었겠지. 하지만 그곳에서 네가 아무것도 얻은 게 없는 건 아니지 않으냐.]

카릴은 눈앞에 합쳐진 전격을 떨리는 눈으로 바라봤다.

[나락 바위는 쿤겐의 무덤이지. 그의 별칭을 아는가?]

라미느의 말에 카릴은 고개를 끄덕였다.

"우레군주."

[그렇다. 우레는 나와도 다른 정령왕들과도 다르다. 빛을 가지면서 열도 가졌으며 물 안에 더욱 자유로운 바람을 머금고 있음과 동시에 먹구름이란 어둠까지 가졌지.]

"그건 왜 내게 말하는 거지? 나락 바위엔 당신처럼 쿤겐이 봉인된 물건은 없었어."

라미느는 잠시 뜸을 들이고는 천천히 입을 열었다.

[정령계는 거의 소실되었고 정령왕의 힘은 약해졌다. 나와 같이 인간계를 택한 자도 있고 혹은 정령계에서 잠드는 것을 택한 자들도 있다. 하지만 우리와 달리 강제로 봉인이 된 존재가 있지.]

"……."

[율라(Yula)와 같은 힘.]

빛 그리고 어둠.

[빛의 라시스, 어둠의 두아트. 2대 광야의 힘은 율라의 힘과

같기에 신이 인간계에 영향을 끼치기 위해선 그들의 힘이 걸림돌이었지.]

신은 두 힘을 봉인하기 위해 장소를 찾았다.

빛과 어둠이 함께 존재할 수 있는 곳, 두 개의 상반된 속성이 같이 있어도 특이점이 생기지 않는 안전한 장소.

"그게 우레군주 쿤겐의 무덤인 비전의 샘이군."

[그렇다.]

"당신 말은 내가 비전의 샘에서 얻은 비전력 속에 그 두 정령왕의 힘이 들어 있다는 말인가?"

[천운이라는 말 말고는 설명을 하지 못하겠군. 비전력을 얻기 위해선 용마력을 지녀야 한다. 하지만 비전력을 얻는 방법은 여러 가지다. 내 기억 속에 드래곤에게 직접 비전력을 얻은 마법사도 있었으니까.]

'알른 자비우스……!!'

[하지만 용마력을 지니는 것도 부족해 그 인간이 다른 곳도 아닌 나락 바위에서 그 힘을 얻을 가능성이 얼마나 될까.]

그의 말대로 알른 자비우스는 역사상 유일한 비전력을 가진 마법사였다.

하지만 그조차도 2대 광야의 힘은 없었다.

알른은 비전력을 나르 디 마우그에게 배웠으니까.

'비전의 샘이 단순히 청린을 얻는 곳이 아니었단 말이구나. 게다가 알른이 그곳을 지키는 파수병을 두지 않았더라면 그는

내게 비전력을 전수해 주지 못했을 것이다.'

라미느는 이 말도 안 되는 확률을 천운이라고 말했지만 카릴에게는 오히려 운명의 장난처럼 느껴졌다.

[그리고 과거. 딱 한 명, 너와 같이 용마력을 지니고 정령의 힘을 쓰는 자가 있긴 했었지. 하지만 그는 너와 조금 다르다.]

라미느는 나지막한 목소리로 말했다.

[우리는 그가 도달한 힘을 그리 불렀다.]

그는 한 글자, 한 글자 카릴의 귀에 새기듯 말했다.

[위대한 마법.]

카릴은 살짝 눈살을 찌푸렸다.

단 한 번도 들어 본 적이 없는 마법이었기 때문이다. 전생에도 그런 마법을 썼던 사람이 있다고 듣지 못했다.

"……위대한 마법이란 것이 무엇이지?"

[글쎄……. 그자는 그렇게 말하더군.]

라미느는 나지막하게 말했다.

[신조차 죽일 수 있는 마법.]

꿀꺽-

카릴은 자신도 모르게 마른침을 삼켰다.

[하지만 볼 수 없었다. 그건 명명할 수 없는 단계니까. 어쩌면 드래곤도 도달할 수 없는 영역일지도……. 혹시 모르지 9클래스 마스터가 되면 조금은 실마리를 찾을 수 있을까.]

지금껏 대마법사의 반열은 7클래스에 도달한 자를 뜻한다.

여명회의 회장 베르치 블라노, 제국 궁정마법사인 카딘 루에르, 불멸회의 수장인 나인 다르혼 그리고 루레인 공국의 데릴 하리안까지. 대륙에서 단 4명만이 7클래스의 벽을 뚫고 대마법사가 되었다.

'천 년 전 마도 시대 때 마법의 정점에 섰던 알른 자비우스조차 8클래스에 도달했던 것이 한계였다.'

오직, 드래곤의 영역이라고 불리는 9클래스.

그 영역에 도달해도 닿을 수 없는 마법이란 것이 도대체 무엇일까…….

카릴은 자신도 모르게 쥔 손에 땀이 맺혔다.

"네 말대로라면 내게 2대 광야가 들어와 있다는 말인데 어째서 그 힘을 쓸 수 없지?"

[말했잖으냐. 그들은 신에 의해 봉인되었다고 네가 정령계를 열 정도의 힘이라도 있다면 모를까…….]

"다른 차원을 연다고?"

[정령술의 극에 도달한 술사라면 가능한 일이지. 하지만 지금껏 그런 자는 단 한 명을 제외하곤 없었다.]

"그게 네가 말한 용마력과 정령의 힘을 다뤘다는 그 사람인가?"

[그렇다.]

라미느는 카릴을 바라보며 고개를 저었다.

"정령계를 열기 위해선 정령의 힘을 얻어야 한다. 그런데 2대 광야의 힘은 지금 얻을 수 없고…… 계약을 하지 않으면 정령술을 익힐 수 없는 건 당연한 얘기니까…….”

라미느의 불꽃이 그의 말에 가볍게 흔들렸다.

[무슨 생각을 하는 거지?]

“게다가 이렇게 된 이상 카이에 에시르가 화룡검을 만들어 눈속임으로 널 썼던 방법은 나는 쓸 수 없을 테니…….”

카릴은 보주를 바라봤다.

“이거야말로 운명이군. 그 조건을 만족하는 네가 딱 내 눈앞에 있으니 말이야. 너와 계약을 하면 내가 정령력을 가질 수 있다는 뜻이잖아?”

[…….]

“단도직입적으로 묻지. 어떻게 하면 널 가질 수 있지?”

그의 물음을 예상했던 것일까.

화르륵……!!

라미느의 불꽃이 조금 전과는 비교도 되지 않을 만큼 강하게 타올랐다.

[불허한다. 나는 더 이상 인간에게 내 힘을 빌려줄 생각이 없다.]

“그래?”

그 순간.

카릴이 검을 한 번 허공에 긋자 그의 화염이 폭발하듯 터져 나갔다.

[……!!]

"뭐……. 우리가 만난 게 운명이라면 이거야말로 네 말대로 천운일지 모르겠군."

[네놈…….]

"용마력을 지닌 사람이 나락 바위에 가기 전에 회색교장을 들를 확률은 얼마나 될까."

입꼬리가 가볍게 올라갔다.

그 모습을 보자 당혹스러운 듯 라미느는 처음으로 떨리는 눈으로 그를 바라봤다.

그의 화염과는 절대상성(絶對相性)의 무구.

콰아아앙--!

카릴은 얼음 발톱을 박아 넣으며 말했다.

"난 네 힘을 가져야겠다."

[건방진 놈……!!]

라미느의 불꽃이 갑자기 엄청난 크기로 커졌다. 성인 남자의 크기만큼 커진 그가 양손을 펼치자 각각의 손바닥 위에 다섯 개의 화염구가 만들어졌다.

"흡……!!"

카릴은 재빨리 마력을 끌어 올렸다.

바닥을 차며 있는 힘껏 라미느의 옆으로 달리는 그의 뒤로 화염구들이 궤적을 그리며 떨어졌다.

쾅……! 쾅! 쾅!!

콰가가강……!!

화염구가 바닥에 닿으면서 폭발하자 현실의 공간이 아님에도 불구하고 뜨거운 열기가 카릴을 덮쳤다.

그 폭음에 맞추듯 그는 있는 힘껏 검을 당겨 몸을 틀었다.

무색기검(無色氣劍) 5식.

얼음 발톱에 희뿌연 오러가 휘감기자 푸른색의 검날이 연한 하늘색으로 빛났다.

'어디까지 통하나 한번 볼까.'

카릴은 라미느의 영역 안으로 파고들었다.

"웨이트(Weight) 해제."

양팔과 다리에 걸었던 무게 증가 마법을 풀자 그의 몸은 조금 전과 비교할 수 없을 정도로 빠르게 튀어나갔다.

아인헤리에서 마력을 얻은 뒤부터 지금까지 줄곧 금제(禁制)처럼 자신의 신체에 걸어놓은 마법들.

비전의 샘에서 2개의 혈맥을 더 뚫고 난 뒤 사용할 수 있는 마력의 양이 비약적으로 증가하면서 카릴은 오히려 부족했던 신체를 보완하기 위했던 보조 마법을 해제하고 금제의 마법들을 강화시켰다.

스파앗-!!

그 덕분에 육체의 단련은 전생에 비해 기하급수적으로 빠르게 성장했다.

또한.

"헤이스트(Haste)."

전생에는 쓸 수 없었던 보조 마법들이 더해지자.
“보조 가속(Auxiliary Acceleration).”
카릴의 모습이 흐릿하게 변하면서 잔상만이 남았다.
[……!!]
라미느조차 눈으로 쫓을 수 없을 정도의 빠르기.
“스트랭스(Strength).”
검을 쥔 두 팔에 묵직한 기운이 느껴졌다.
카앙!! 카가가강--!!
바닥을 내려치자 굉음이 터져 나왔다. 하지만 카릴은 멈추지 않고 연달아 검을 그었다.
“덱스(Dex).”
마치 누군가 등을 떠미는 것처럼 카릴의 몸이 한 템포 빠르게 도망치는 라미느를 쫓았다. 공중에서 다시 한번 한 바퀴 돌면서 카릴이 검을 위에서 아래로 반원을 그리며 내려쳤다.
스아앙-!!
날카로운 검기가 라미느의 몸을 갈랐다.
차가운 검풍에 그의 육체가 흩어졌지만 불꽃은 사그라지지 않고 화염이 다시 몰아쳐 카릴의 몸에 일격을 가했다.
“컥……!!”
마법 실드를 두르고 있는 그였음에도 불구하고 인두로 지진 듯한 고통이 엄습했다.
한바탕 카릴의 전신을 휘감았던 불꽃이 다시 한번 공중에서 뭉치자 라미느의 형상으로 돌아왔다.

[기억에 있는 검이로군. 그래, 청린과 요람석을 갈아서 만든 검이었지? 옛날에도 저런 무구를 만들던 자들이 있었으니까.]

라미느가 손을 쥐자 그의 두 팔에 기다란 불꽃의 할버드가 생성되었다.

[인간이 고작 검 하나로 날 이길 수 있을 거라 생각했는가. 우매하구나.]

거대해진 그의 크기는 커지는 화염만큼이나 더욱 자라나 이제는 카릴의 몇 배는 될 것 같은 거인이 되었다.

"괴물이군……."

카릴은 고개를 들어 라미느를 바라봤다.

거대한 할버드가 당장에라도 자신을 찍어 누를 것처럼 위압적이었다.

신탁전쟁에 거인들을 바라볼 때도 이런 기분은 아니었다.

부풀어 오른 화염은 마치 두꺼운 갑옷을 입은 듯한 형상은 영락없는 할버드를 든 기사의 모습이었다.

후우우웅-!!

회전하는 거대한 도끼날이 단번에 카릴의 허리를 두 동강 낼 듯 달려들었다.

콰- 앙!!

카릴의 몸이 그의 일격을 맞자 총탄처럼 튕겨 나갔다. 몇 차례 바닥을 구르는 소리가 난 뒤에서야 메아리는 사라졌다.

[……]

눈동자가 없는 눈이었지만 라미느의 눈이 커졌다가 줄어들며 저 멀리 앞을 주시했다.

검의 다섯 자세(Five Sword Step).

3번째 긴 울음 자세(Long Weeping Posture).

"크윽!!"

그 순간 저 멀리 튕겨 나간 카릴은 본능적으로 검을 뒤집으며 그의 불꽃을 바닥으로 뿜어냈다.

콰가가가가각……!!

쇠가 갈리는 소리와 함께 얼음 발톱이 크게 흔들렸다.

[놀랍군. 이걸 막았나.]

검의 다섯 자세 중에 유일한 방어 오의.

"젠장……!!"

하지만 라미느의 일격을 막아 내기엔 역부족이었다. 카릴은 아직도 남아 있는 공격의 여파를 파훼하지 못한 채 고통스러운 얼굴로 그를 향해 달려들었다.

1번째 왕관 자세(Crown Posture).

짓누르는 압력에 근육이 터질 듯 부풀어 올랐지만 카릴은 멈추지 않고 반격기를 날렸다.

빠득-!

카릴의 얼굴이 구겨지며 이를 갈았다.

역습을 노린 반격이 아니었다.

아이러니하게도 이런 식으로 남아 있는 라미느의 힘을 발산하지 않는다면 꺼지지 않는 불꽃이 그의 육체를 태워 버릴 것 같았기 때문이다.

'마나 블레이드로는 역시 역부족이야. 할 수밖에 없는가…….'

그는 이를 악물고 혈맥을 흐르는 마력 안에 용마력을 주입했다.

지직…… 지지직……!!

[늦었다.]

그때였다.

카릴의 아케인 블레이드가 빛나기 직전, 그의 어깨와 팔, 다리 등을 할 것 없이 전신에서 불꽃이 뿜어져 나왔다.

[나의 노바(Nova)는 작은 불씨만 남아 있어도 절대로 꺼지지 않는다. 그 불꽃은 네 마력을 먹어 치울 것이다. 그리하여 더 강맹해지고 그 힘이 곧 네 심장을 태울 것이다.]

"……컥!!"

그 순간 심장이 턱 하고 막히는 느낌과 동시에 카릴의 몸이 부르르 떨렸다.

[인간치곤 훌륭했다. 하지만 이미 네 혈맥 안에 나의 불꽃이 잠식했을 터.]

"크…… 크윽!!"

카릴은 있는 힘껏 검을 그었다. 하지만 부들부들 떨리는 그의 두 팔은 그저 라미느의 다리에 겨우 검이 닿았을 뿐 아무런 힘도 내지 못했다.

치이익…….

얼음 발톱의 차가운 냉기가 닿은 곳에서 새하얀 증기가 솟아올랐다.

우득…… 우드득…….

두 눈이 불꽃을 머금은 것처럼 붉게 변했고 전신의 혈관이 붉으락푸르락하며 꿈틀거렸다.

[너는 내 공격을 받아내지 않고 피했어야 한다. 이것이 왕의 힘을 탐한 자의 말로이다.]

그 순간.

콰아아아앙! 콰가강……!!

놀라운 일이 벌어졌다.

"……!!"

고통이 전신을 휘감고 당장에라도 쓰러질 것 같았던 카릴의 검이 언제 그랬냐는 듯 라미느의 다리를 그대로 베어버린 것이다.

[크아악!!]

폭염왕의 비명이 들렸다.

지금까지와는 달리 잘린 두 다리는 재생되지 않고 그의 몸이 중심을 잃고 비틀거리며 쓰러졌다.

'이…… 이게 어떻게?'

자신도 모르게 발산된 비전력에 스스로도 놀란 듯 카릴은 검을 떨어뜨리며 두 손을 펼쳤다.

'성공…… 했다?'

지금껏 비전력을 시전할 때마다 두 개의 힘이 닿는 순간 폭발을 해 제대로 된 컨트롤할 수 없었다. 수왕이 있었던 바다에서도 비전력을 폭발시켰을 때 결국 두 손이 엉망이 되었으니까.

하지만 지금은 달랐다. 고통스러웠던 육체가 지금은 오히려 상쾌함과 함께 가벼워진 느낌이었기 때문이다.

'혈맥 하나가…… 더 뚫렸다?'

지직…… 지지직……!

놀랍게도 지금껏 반발하던 비전력이 지금만큼은 반대로 서로를 끌어당기듯 흡수하여 엉키는 것이 아닌가.

'어떻게 된 일이지?'

카릴은 자신의 발아래 바닥에 흩뿌려진 라미느의 불꽃을 바라봤다.

지금까지 그는 숱한 전장을 오가며 수많은 적과 싸웠었다. 그뿐만 아니라 시간을 거슬러 오르기 위해 올랐던 탑 속에서 셀 수 없는 타락을 베었다. 베고 또 베었던 그였다.

하지만 억겁의 시간을 싸웠던 그조차 정령왕과의 싸움은 해본 적이 없었다. 애초에 전생의 인류는 아직까지 정령왕이 존재한다는 것 자체도 알지 못했으니까.

씰룩-

경험해 보지 못했던 일.

카릴은 자신의 입꼬리가 슬쩍 올라가는 것을 느꼈다.

지직…… 지지직…….

라미느의 불꽃이 그의 몸에서 뿜어져 나온 순간 봉인되어 있는 빛의 라시스와 어둠의 두아트의 의지가 표출될 일이 없는데도 불구하고 신기하게 자신의 의지와 상관없이 합쳐지기를 원하듯 흡수되었으니까.

'이 불꽃 때문인 건가?'

해답은 생각지도 못한 곳에서 발견되었다.

'극상성의 두 힘을 하나로 합치는 데에 있어 오히려 라미느의 불꽃이 매개체가 된 거다.'

알른 자비우스는 압도적인 마력 컨트롤로 비전력의 반발을 미세한 범위까지 조율할 수 있었지만 카릴은 그와 같은 경지에 아직 미치지 못했다. 강대한 마력의 양과 마력 지식에 비해 그의 마력 제어는 아직 거칠고 투박했으니까.

그렇기 때문에 궁여지책으로 생각한 것이 검을 이용한 아케인 블레이드(Arcane Blade)였다.

하지만 그것도 쉬운 일이 아니었다.

그러나 지금 라미느의 불꽃으로 덮여 있던 혈맥에 비전력이 흐르자 오히려 그 불꽃이 빛과 어둠의 힘을 중화시키는 작용을 한 것이었다.

'죽음의 위기가 오히려 기회가 된 것이구나.'

카릴은 자신도 모르게 웃고 말았다.

물론 여전히 불안했다.

빛과 어둠을 잇는 화염 역시 특성상 안정적인 힘은 아니었기 때문이다.

[네…… 네놈.]

라미느는 생각지 못한 결과에 오히려 그 스스로도 당혹스러운 듯 그를 바라봤다.

[물과 흙은 차분하고 조용하며 불과 번개는 강렬하며 바람은 자유롭다.]

마법서에 정의되어 있는 5대 속성과 마찬가지로 5대 정령왕의 특성 역시 같았으니까.

'만약 비전력의 매개체가 에테랄이나 막툰이었다면 나도 알른과 비슷한 수준으로 비전력을 운용할 수 있으려나.'

해일의 여왕 에테랄과 거암 군주 막툰.

카릴은 라미느를 만난 것만 해도 엄청난 행운이라는 것을 알면서 어느새 다른 정령왕의 힘마저 욕심을 내고 있었다.

'정령계를 열 방법을 찾게 되면 불가능한 일도 아니다.'

카릴은 라미느를 바라보며 비전력을 끌어 올렸다.

'그러니…….'

지금까지와는 달리 그 힘이 오롯하게 느껴졌다.

혈맥을 타고 기분 좋게 흐르는 마력에 카릴은 처음으로 '진짜 마법'을 느껴 보는 것 같았다.

"더더욱 널 가져야겠군."

꽈악-

카릴이 검을 쥔 손에 힘을 주었다.

[말도 안 돼……!!]

그 모습에 라미느는 믿을 수 없다는 듯 소리쳤다.

"고맙다."

카릴의 이마에 붉은 점이 나타났다 사라졌다.

다섯 번째 혈맥이 뚫린 증거.

"덕분에 나는 한 단계 더 올라갈 수 있게 되었으니까."

콰아아아아앙--!!

일섬(一殲).

아케인 블레이드가 쓰러진 라미느를 향해 그어진 순간 그가 만든 아공간마저 깨지듯 산산조각이 나며 불꽃에 휩싸였다.

"이게 어떻게 된 거죠?"

"나도 모르겠다. 갑자기 눈앞에서 사라지다니……."

유린 휴가르는 몇 차례나 보이지 않는 장벽을 있는 힘껏 메이스로 두들겨 봤지만 흠집도 나지 않았다.

"저 안에 뭐가 있는 걸까요."

조이 요한셀은 불투명한 벽 뒤에 우두커니 서 있는 카릴의 모습을 보며 걱정스러운 시선으로 그 안을 바라봤다.

"나도 모르지. 애초에 화룡의 거처에 이런 것이 있다는 얘기도 듣지 못했으니까. 도대체 무슨 꿍꿍이가 있는 거지.”

이용당한 거다.

그의 말에 유린은 이를 갈았다.

“여길 빠져나가면 저 녀석을 가만히 두지 않겠어!”

하지만 후회를 해봐야 늦었다.

콰아아앙--!!

그 순간.

폭발과 함께 시커먼 연기가 두 사람을 덮쳤다.

조금 전 그들을 막고 있던 벽이 깨지며 마치 유리 파편이 쏟아지는 것처럼 사방으로 잔해가 흩어졌다.

“쿨럭, 쿨럭……!”

저벅- 저벅- 저벅-

연기 속을 뚫고 들려오는 발걸음 소리에 유린 휴가르는 자신도 모르게 오싹한 기분이 들었다.

“……!!”

연기 속에서 서서히 인영이 모습을 드러내자 그는 믿을 수 없다는 표정을 지었다.

“미…… 미친!!”

유린 휴가르는 자신도 모르게 욕설을 내뱉고 말았다. 하지만 그 외침은 카릴을 향한 것이 아니었다.

화르륵-

그의 뒤에 서 있는.

거대한 화염 거인의 형상을 향한 것이었다.

조이는 혹시나 자신이 헛것을 본 것인가 싶어서 몇 번이나 눈을 비볐다.

하지만 카릴의 등 뒤에 서 있는 화염 거인의 모습은 여전히 보였으며 답을 구하는 눈빛으로 유린을 바라봤다.

"……."

대답을 하지 않았지만 유린의 표정을 보니 적어도 자신의 눈이 틀린 것은 아닌 것 같다.

"율라(Yula)의 기쁨이 있으리."

유린 휴가르는 나지막하게 기도문을 읊었다.

그의 메이스의 머리가 붉게 빛나기 시작했다. 전투를 위한 고양주문(高揚呪文). 1급 사제 중에서도 이 축복을 쓸 수 있는 사람은 몇 되지 않았다.

'전장의 광인'이란 별명을 만들어 이유이기도 했다.

우우우웅…….

붉은 오러를 뿜어내며 유린은 카릴의 앞에 섰다. 당장에라도 메이스를 내려칠 듯 잔뜩 경계를 하며 그는 소리쳤다.

"네놈……. 도대체 무슨 짓을 한 거냐!!"

이곳은 화룡 중에서도 가장 강력한 마력을 가졌던 염룡이라 불린 리세리아의 레어였다. 조사가 끝났다고는 하지만 무슨 일이 일어나도 이상한 것이 아니었다.

게다가 그 증거가 보란 듯이 지금 자신의 눈앞에 펼쳐지고 있었으니까.

'제국의 탐사대는 분명 공동 아래 입구까지 모두 조사를 끝냈다고 했었다. 그런데 오히려 지하로 내려가기도 전에 이런 일이……'

우연일까? 아니다.

카릴을 바라보는 유린의 눈빛이 달라졌다.

'저놈이 우릴 속였어.'

화르륵-

그때였다.

천천히 눈을 뜨는 카릴이 손을 펼치자 그의 손바닥 위로 작은 불씨가 피어올랐다가 사라졌다.

"후우."

낮은 한숨과 함께 당장에라도 달려들 것 같이 노려보던 유린을 향해 카릴은 가볍게 웃었다.

"……?!"

아무렇지 않게 웃는 그의 태도에 유린은 당황스러운 얼굴로 그를 바라봤다.

"구했습니다."

"……뭐?"

"폐하께서 원하시는 것."

어느새 카릴의 손바닥의 불꽃이 사라짐과 동시에 그의 뒤에 있던 화염 거인의 형상도 없어졌다.

"……."

유린은 그의 손 위에 올려져 있는 약초를 바라봤다.
“그게 뭐지……?”
“서슬가시라는 잎사귀입니다. 폐하의 약이 될 귀중한 보물이죠. 암시장의 정보에 의하면 불의 정령왕의 힘이 담긴 약초라고 합니다.”
“허…….”
틀린 말은 아니다.
불은 가장 생명에 가까운 속성이었으니까.
그리고 서슬가시 역시 불의 기운을 머금고 있는 풀이기도 했다.
‘물론, 정령왕과는 관계없지만 조금 전 일에 대한 핑계로 그럴싸하지.’
유린은 여전히 의심이 들었지만 처음 보는 화염초의 모습에 살짝 눈동자가 흔들렸다.
카릴은 그런 그의 모습에 옅은 미소를 지었다.
‘속이는 건 이토록 쉽구나. 지금 이 풀이 그저 레어 앞에 피어 있는 들풀이라고는 생각도 못 하겠지.’
인간은 보이는 것을 너무 쉽게 믿는다.
거지를 잘 차려입혀 놓으면 귀족으로 생각할 수도 귀족에게 넝마를 입히면 거지로 생각할 수도 있는 것처럼.
라미느의 힘이 자신에게 흡수되는 순간을 노려 그는 품 안에 있던 서슬가시를 꺼내었다.

이들은 지금 조금 전 화염 거인의 모습이 서슬가시가 품고 있던 화염의 형상이라고 믿을 것이다. 그저 약간의 효과를 주었을 뿐이지만 들풀은 그들의 눈엔 마법초가 되어버렸다.

'우든 클라우드가 만든 블루 로어의 광신도들을 보며 생각했던 것인데 이걸 내가 쓸 줄은 상상도 하지 못한 일이군.'

카릴은 쓴웃음을 지었다.

"이게 그……. 영생을 가져다주는 풀이란 말인가요?"

그의 연기의 희생양 중 한 명인 조이 요한셀은 그와 서슬가시를 번갈아 바라보며 떨리는 눈빛으로 물었다.

카릴은 그의 물음에 어깨를 으쓱했다.

"설마 정말 영생을 가져다주겠습니까. 설령 용의 심장을 먹는다 하더라도 영원히 살 수 없습니다. 그건 신이 영역이니까요."

"그럼……?"

"암시장에서 내려오는 정보에 의하면 이 풀은 체력을 회복하고 마력을 안정화시켜 줍니다. 영생까지는 아니더라도 생명을 연장하는 데 큰 효과가 있죠. 분명, 이 서슬가시가 폐하의 환우에 큰 도움을 줄 겁니다."

카릴은 조심스럽게 서슬가시를 준비해 왔던 통 안에 넣었다.

보존 마법이 걸려 있는 값비싼 통이었다.

'어차피 미명을 해독하기 위해서는 서슬가시를 말려서 써야 하지만……. 이왕이면 보기 좋은 게 낫겠지.'

카릴은 만족스러운 듯 옅은 미소를 지었다.

"그건 내가 보관하겠다."

유린은 그가 들고 있는 병을 가리키며 말했다.

"알겠습니다."

카릴은 바로 그에게 서슬가시가 들어 있는 병을 건넸다.

하지만 여전히 유린은 경계를 늦추지 않았다.

"네 말대로라면 조금 전 그 화염 거인은 이 풀과 관련된 것이란 거지? 벽이 깨진 순간에 방대한 마력이 느껴졌었다."

"그럼 그 안에서 무슨 일이 있었는지 어떻게 설명할 거지? 아무런 정보도 없이 너의 단독 행동 때문에 우리까지 위험에 빠질 수 있다는 생각은 안 해봤나?"

"스, 스승님……."

카릴은 그의 말에 가볍게 웃었다.

"걱정 마십시오. 그럴 일은 없습니다."

"그럴 일 없어? 네놈이 그걸 어떻게 알아! 너 때문에 나까지 위험에 빠질 생각은 없다. 군도에서도 그렇고……. 죽을 거면 혼자 죽어!!"

유린은 그때처럼 카릴의 멱살이라도 잡을 기세로 소리쳤다. 하지만 그의 두 팔은 그때와 다르게 움직이지 않았다.

"당신도 그리고 당신의 제자도 죽일 생각 없습니다. 두 분은 제게도 아주 중요한 분들이니까요."

카릴은 마지막 말에 힘을 주었다.

"그리고 나 역시."

어떻게 돌아온 삶인데. 죽는다니…….

바보 같은 생각이 아닐 수 없었다.

"게다가 이건 폐하를 위한 일 아닙니까? 목숨을 바쳐서라도 완수를 해야 할 사명이라 생각하는데…… 유린 경은 아닌가 봅니다?"

"그, 그건……."

꿀꺽-

조금 전까지만 하더라도 언성을 높였던 유린은 카릴의 눈을 보자마자 자신도 모르게 시선을 내리깔고 말았다.

"스승님……?"

광인이라 불리며 셀 수 없는 적들의 머리를 메이스로 찍어 터뜨렸던 그에게서 상상도 할 수 없는 모습이었다.

"……알겠다."

유린은 끝내 카릴의 말에 고개를 끄덕였다.

확실히 그가 한 말이 틀린 것은 아니다. 황제를 위함이었고 계획된 일이었다면 당연히 뭐라 반박의 여지가 없었다.

하지만 유린의 태도는 이상했다.

조이 요한셀은 돌변한 그의 모습에 어리둥절한 표정을 지었다.

'뭐…… 뭐지? 설마 내가…….'

그러나 조이의 의아함보다 오히려 유린 스스로 느끼는 혼란스러움이 더 컸다.

유린은 자신의 손바닥에 땀이 흥건하다는 걸 깨달았다.

'녀석에게 겁먹은 건가?'

믿을 수 없었다.

하지만 본능이었다.

어쩌면 유린의 실력이 낮았더라면 못 느꼈을 것이다. 이건 그가 뛰어난 전투 사제이기 때문에 가능한 일일지도 모른다.

전투와는 무관한 조이는 알아차리지 못했으니까.

지금까지와는 전혀 다른 가늠할 수 없는 강함. 그건 자신을 향한 살기라든지 투기 같은 것이 전혀 아니었다.

눈앞의 카릴은 아무것도 하지 않았으니까.

그저 순수한 차이였다.

툭.

"……!!"

유린은 카릴이 자신의 팔을 가볍게 친 것만으로도 자신도 모르게 움츠러들고 말았다.

"자, 돌아가죠."

그런 유린의 모습을 보며 마치 이해한다는 듯 카릴은 담담한 목소리로 말했다.

"마스터!!"

코브로 돌아왔을 때 반가운 얼굴들이 있었다.

캄마와 수안 그리고 칼.

'코브에서 시킨 일을 잘한 모양이로군.'

카릴은 칼이 두 사람과 함께 있는 것을 보고는 떠나기 전 시킨 명령을 떠올리며 고개를 끄덕였다.

"그럼……."

여행을 떠나기 전보다 수척해진 유린은 피로한 듯 조이의 도움을 받으며 기다렸다는 듯 자리를 먼저 떠났다. 말수도 확실히 적어졌고 출항 준비가 끝날 때까지 카릴과 머물렀던 저택이 아닌 다른 곳에 있겠다고 했다.

"출항 준비는?"

"모두 끝났습니다."

"좋아. 유린 경, 그럼 내일 이곳에서 뵙죠."

"……알겠다."

칼은 변해 버린 그의 모습을 신기한 듯 몇 번 보더니 두 사람이 떠나자 카릴에게 물었다.

"마스터, 무슨 일이 있었습니까? 저 인간 어쩐 일로 고분고분한데요? 항상……."

칼은 신나게 묻다가 아차 싶었는지 입을 가렸다.

"1급 사제님께 저 인간이라니. 너 그러다 교단모욕죄로 잡혀간다."

"헤에……."

그런 그를 보며 카릴은 피식 웃었다.

호흡을 할 때마다 그의 혈맥에서 이따금 뜨거운 기운이 느껴졌다. 라미느의 기운을 흡수한 뒤로 느껴지는 이 기운이 카릴은 그저 즐거울 뿐이었다.

'광인을 길들이려면 평범한 방법은 안 되지.'

유린 휴가르는 야수 같은 남자다. 사제임에도 불구하고 피와 살육의 광기를 가진 거친 남자.

처음에 카릴은 그를 차라리 배제할까 싶었다.

'그는 분명 내가 제국을 얻는 데에 있어서는 걸림돌이 될 수 있다. 하지만 신탁전쟁에서 누구보다 강력한 도움이 될 터.'

전생의 역사를 크게 3등분 해보면.

황자들의 전쟁인 황권전쟁, 올리번이 즉위한 뒤에 대륙을 통일한 제국전쟁, 그리고 마지막으로 신탁이 내려지고 이(異)세계의 마물인 타락과 인류의 전쟁인 신탁전쟁.

앞선 두 개의 전쟁 역시 중요하지만 카릴에게 있어서 가장 중요한 건 인류의 존망을 건 신탁전쟁일 것이다. 그런 의미에서 유린 휴가르의 신성력은 타락과의 전투에서 꼭 필요했다.

'그렇기 때문에 길들일 필요가 있다.'

구릉의 주인에게 그랬던 것처럼 그리고 수왕과 해왕을 만났을 때와 마찬가지로 압도적인 강함을 보이는 것이 가장 효과적이었으니 어쩌면 유린 휴가르는 평생에 있어 단 한 번도 경험해 보지 못한 강함과 마주한 것일지 모른다.

"쓸데없는 얘긴 그만하고 칼, 너도 어서 배를 준비시켜."

"알겠습니다!"

그렇게 칼까지 떠나보낸 뒤에야 카릴은 오랜만에 만난 두 사람과의 재회를 제대로 반길 수 있었다. 지금부터 할 얘기는 아직은 칼에게도 말할 수 없는 일이었기 때문이다.

"엄청 놀랐습니다. 교단에 가신다는 분이 공국에 와 계신다는 얘기를 듣고 말이죠. 게다가 다른 곳도 아닌 리세리아의 레어에 가셨다니……. 수안이 당장에라도 가봐야겠다고 어찌나 난리를 피우던지."

"나, 난리라뇨. 그저 조금 걱정이 돼서 그런 것뿐입니다."

"어이구, 자네 같은 덩치를 어떻게 나 같은 늙은이가 막겠나? 아직도 그날 삐끗한 허리가……."

캄마의 능청스러운 말에 카릴은 그를 바라보며 말했다.

"그래, 공국으로 돌아온 소감은?"

"어휴, 말도 마십시오. 화이트 벙커의 귀족들이 어찌나 저희들을 냉대하던지. 그래도 무법항의 주민들을 미리 정착시켜 놓은 덕분에 자유 길드를 몇 개를 뚫긴 했습니다만 속성석을 거래할 만큼은 안 될 것 같습니다."

"흐음, 정보 판매 쪽으로만 이용을 해야겠다는 말이군."

"네. 그래서 일단 마스터께서 말씀하신 대로 루레인가와 연줄이 닿는 귀족들을 알아보고 있었는데……."

캄마는 슬쩍 카릴을 바라봤다. 그러고는 씨익 웃었다.

"도대체 무슨 마법을 부리신 겁니까? 강철왕이 직접 저희에게 연락해서 이곳에다가 라바트 길드의 지점을 세워주겠다고 하지 않습니까."

강철왕은 프란 루레인의 이명(異名)이었다.

그 이름을 입에 담자 그는 신이 난 듯 말했다.

"솔직히 저희야 코브면 두 팔을 들고 환영입죠. 제국을 싫어하는 대쪽 같은 성격에 절대로 거래가 불가능할 것 같아 화이트 벙커를 선택했던 것인데 말입니다. 게다가……."

캄마는 웃음을 참기 어렵다는 표정으로 말했다.

"코브에 온 지 일주일이 지났을 때 화이트 벙커에서도 기별이 왔습니다. 저희들을 그렇게 냉대했던 귀족 녀석들이 말이죠!"

"연락해 온 자가 누구지?"

"루엘 일리시드입니다. 일리시드가(家)의 백작인데 튤리 공작령의 자금을 관리하는 자입니다. 거물 중의 거물이죠."

"어지간히 프란에게 빼앗기는 게 싫었나 보군."

카릴은 만족스러운 듯 고개를 끄덕였다.

"저희들이 몇 달 동안 하지 못한 일을 마스터께서는 단번에 해결하셨네요."

수안은 진심으로 우러나오는 목소리로 말했다.

하지만 카릴은 아무것도 아니라는 듯 손을 가볍게 저으며 말했다.

"캄마, 아직 그자는 만나지 말고 조금 더 뜸을 들여. 안달 나게 말이야. 무슨 뜻인지 알겠지?"

"걱정 마십시오. 그건 제 전공이죠."

"곧 내가 자네에게 몇 사람을 더 붙여줄 거야. 그 전까지는 코브의 지점을 안정화시키도록 해. 이곳에서 해야 할 일이 많으니까."

"사람 말입니까? 어디서요?"

"타투르에서. 그리고 몇 군데 더 있긴 한데 그리 오래 걸리진 않을 거야. 거점도 확보했으니 빨리 움직여야지."

"마스터, 그런데 저희가 오고 나서 뱃사람들 말로는 지금 수왕의 산란기라 배를 띄우지 못한다던데……."

수안이 타투르라는 말에 근심 어린 표정으로 카릴에게 물었다.

"어, 해결했어."

"네?"

"걱정 안 해도 된다는 말이야. 그러니 수안, 너도 배를 띄울 준비를 해. 너는 타투르에 갔다가 사람들을 태워 와야 하니까."

아무렇지 않게 말하는 그의 모습에 수안은 어안이 벙벙한 표정을 지었다.

'정말, 수왕까지 해결하셨다는 말이야? 이거야 원…… 놀라서 할 말도 안 나오네. 우린 하나도 제대로 완수하기 어려운데 도대체 몇 가지 일을 해치우신 거지?'

수안은 이미 알고 있었지만 오히려 알수록 더욱 카릴의 역량을 파악할 자신이 없어지는 기분이었다.

어쩐지…….

아직도 그의 끝은 보지 못한 기분이니까.

때로 카릴에게 느껴지는 경외심은 자신을 압도하는 검술이 아닌 이런 계책이라는 생각이 들었다.

"참……. 그러고 보니 미하일은? 데리고 올 자들 중엔 교도 용병단의 용병들도 있어서 그에게 얘기를 좀 해야 하는데."

"저, 그게……."

카릴의 물음에 두 사람은 낯빛이 어두워졌다.

"으음……."

하지만 어쩐지 이미 알겠다는 듯 카릴은 고개를 끄덕이고는 아무 말 하지 않아도 알겠다는 듯 두 사람의 어깨를 가볍게 두들겼다.

"고생했다."

▶Chapter 5◀

세리카 로렌.

카릴은 오랜만에 그녀의 이름을 떠올리며 자신도 모르게 피식 웃고 말았다.

'하긴, 그녀의 성격이 보통은 아니지. 미하일이 감당하려면 힘들긴 할 거야.'

인류 최초로 슈프림(Supreme)이란 전투 마법사의 체계를 구축한 그녀. 대마법사의 반열이라고 할 수 있는 7클래스의 경지인 동시에 소드 익스퍼트(Sword Expert) 실력의 무사.

'그녀는 마법에 있어서는 세르가와 어깨를 나란히 한 만큼 대단하다. 하지만 아직은 스스로 자각을 하지 못하고 있을 거야. 지금의 그녀라면 아마 마법보다 주먹이 먼저 나갈걸.'

카릴은 과거 그녀가 자신에게 했던 이야기를 떠올렸다.

-마법? 글쎄……. 언제부터였더라. 솔직히 내가 재능이 있을 거라곤 상상도 못 했어. 내가 배웠던 거라곤 기껏해야 아빠의 창술뿐이었으니까.

퇴역 용병이었던 그녀의 아버지는 코브에서 떨어진 작은 마을 여생을 보냈다. 할가드 창술이라는 그다지 유명하지 않은 보급창술 중 하나에 불과했지만 유일한 여식인 그녀에게 그가 남겨줄 수 있는 것 그것뿐이었다.

-게다가 그나마 내가 창술을 쓸 일이야 여관의 주정뱅이들을 처리하기 위해 빗자루를 들었을 때뿐이었고.

세리카는 모닥불을 피운 전장의 언덕에 앉아 말했다.

하지만 그 보급창술이 그녀를 슈프림이라는 경지에 오르게 해주는 계기가 될 줄은 그 누구도 상상할 수 없었을 것이다.

-그래서 네가 스태프를 잘 휘두르는군.

카릴이 그녀를 처음 만났을 때 그녀는 스스로 이미 전투 마법사의 체계를 구축하고 있었다.

-뭐…… 그러다 아버지가 죽고 어느 날 문뜩 그런 생각이 들더라고. 창술을 더 강하게 사용할 수 있는 방법은 뭘까.

-대부분 그럴 때 마나 블레이드를 떠올리지.

무구에 마력을 덧씌우는 방법.

-맞아. 하지만 난 내 마법을 단련시켰지. 어차피 허술한 창법이었어. 더 끌어올려 봤자 귀족이나 기사들의 창술을 이기진 못할 테니까.

-발상의 전환이라……. 그때, 네 재능이 폭발했다는 말이군. 솔직히 그런 발상을 할 수 있는 사람은 손에 꼽힐걸. 보이는 안전한 길을 두고 남들이 가지 않는 길을 가는 건.

-그건 너도 마찬가지잖아? 뭐, 나와는 조건이 다르지만 검술을 더 강하게 만드는 방법으로 네 육체와 네 검술을 더 예리하게 만들었으니까. 나는 마력을 도구로 쓴 게 아니라 마법 그 자체를 단련시킨 거지.

카릴은 그녀의 말에 쓴웃음을 지었었다.

그녀는 자신의 냉기 마법과 할가드 창술을 독자적으로 변형시켜 새로운 창법을 만들었다.

프리징 스피어(Freezing Spear).

마력을 날에 씌우는 것이 아닌 수계열 마법을 공격 수단으로, 할가드 창술을 방어에 사용함으로써 그녀는 마법사들은 근접전에 약하다는 편견을 깨뜨렸다.

오직 그녀만이 이 창술을 쓸 수 있었기에 모두가 그녀의 힘을 부러워했지만 누구도 슈프림의 영역에 도전한 마법사는 없었다.

심지어 카이에 에시르의 재림이라 칭송받았던 세르가조차도 말이다.

-그리고 자 봐. 여기 끝에 속성석이 박힌 것 안 보여? 난 엄연한 마법사라고. 카릴, 네가 맨날 쓸데없는 소리를 하니까 남들이 다 나를 창귀라고 이상한 말로 부르잖아.

그녀는 자신의 키보다 훨씬 더 큰 기다란 스태프 위에 푸른 요람석으로 만들어진 세 개의 날카로운 날을 바라봤다.

노움 세공장인인 칼립손에 의해 정교하게 세공된 칼날은 예리하면서도 수(水) 속성인 그녀의 마력을 더욱 높여줬다.

하지만 스태프라고 보여준 기다란 막대의 날엔 피딱지가 덕지덕지 묻어 있었다.

굳이 설명을 하지 않아도 저 날이 수많은 적의 목숨을 앗아갔다는 걸 알 수 있다.

-저걸 보고 그런 말이 나오는 건 내 탓이 아니라 네 성격에 문제가 있는 것 같은데…….

카릴의 말에 주위에 있던 동료들이 눈을 피하면서 고개를 끄덕였었다.

그녀를 떠올리며 그는 이마를 짚었다. 어쩐지 그 날 헛소리의 대가로 그녀에게 맞았던 이마가 괜스레 욱신거리는 기분이었다.

하지만 미약한 고통은 그에게 있어서는 그저 기분 좋은 추억이었다.

'타투르가 성장하기 위해서는 그녀가 꼭 필요하다. 아조르의 울카스 길드에 모인 마법사들로는 턱없이 부족해. 게다가…….'

세르가는 이미 제국에 소속된 마법사였다. 카릴은 그의 실력을 누구보다 잘 알았다.

'아카데미에 있을 그는 결국 적이 되겠지. 그렇다면 그를 상대할 방책을 세워둬야 한다. 녀석의 성장을 따라갈 수 있을 만한 마법사.'

그게 바로 세리카 로렌이었다.

전생의 기억으로 두 사람의 전투 실력은 호각이라 할 수 있었다.

하지만 카릴은 승부의 결과가 자신의 쪽으로 기울어지도록 하나의 변수를 더 두었다.

바로 미하일.

그는 두 사람 못지않게 마법적 재능이 뛰어난 자였으니까.

'전생과 다르게 마법사들의 전쟁은 이제 세리카 로렌과 세르가가 아닌 미하일까지 삼파전이 될 거다.'

그중 두 개의 카드를 자신의 손에 쥘 수 있다면 전장은 당연히 자신에게 유리하게 돌아갈 수밖에 없을 터.

'하지만 내가 나설 순 없지. 미하일로서는 곤욕스럽겠지만 녀석의 마법적 재능이 그녀를 마법에 호기심을 가지게 만들어야 하니까.'

아이러니하게도 현재는 그가 세리카보다 마법에 관해서는 더욱 높은 성취에 도달했다. 미하일이 마음만 먹는다면 절대로 할가드 창술로 이길 수 없었다.

'그녀의 성격상 어차피 한 판은 붙게 될 거야. 자존심이 강한 그녀는 패배 이후에 기를 쓰고 미하일에게 마법을 배우려고 할 테니까.'

카릴은 기억하고 있다. 세리카 로렌이 창술보다 마법에 매진했던 이유는 사실 단순히 창술을 강하게 키우기 위함이 아니었다는 걸.

'그녀의 아버지가 마법사에게 죽었거든. 아마…… 지금쯤이면 마법사인 널 보는 것만으로도 치를 떨 거야.'

그는 나지막하게 말했다.

"뭐, 그 쪽지를 보고도 네가 그녀를 따라오게 만든다면 그것도 인연이겠지."

카릴은 저 멀리에 있을 미하일을 떠올리며 나지막하게 웃었다.

'힘내라. 그래도 넌 내 기사단 중에 세리카 로렌과 가장 사이가 좋았던 녀석이었으니까. 여러 가지 의미로 말이야.'

"저…… 저기……!!"

콰앙--!!

문밖으로 튕겨져 계단을 구르며 바닥으로 고꾸라진 미하일은 아픔도 느낄 새 없이 닫힌 문을 두들겼다.

"자, 잠시 얘기 좀 들어주세요!"

하지만 굳게 닫힌 문은 열릴 생각이 없었다. 대신 들려오는 대답은 한 달째 한결같은 말이었다.

"몇 번을 말해? 꺼져."

미하일은 그 말에 인상을 팍 구기며 소리쳤다.

"아오……!!"

부르르 떨리는 주먹을 어떻게 할 수 없어 그는 발을 동동 굴렀다.

'뭐 저런 애가 다 있담?'

"흐익?!"

창문 밖에서 안을 들여다보려던 그는 예상하기라도 했다는 안에서 노려보는 그녀의 눈빛에 그만 뒤로 화들짝 물러섰다.

'아놔, 내 평생 저런 까칠한 애는 또 처음 보네. 무슨 마법사

가 죄야? 말 꺼내자마자 죽일 듯이 달려들긴……. 저런 애를 어떻게 데려오라고…….'

미하일은 계단에 기대어 앉으며 한숨을 내쉬었다.

'아니 데리고 와도 문제네. 마스터는 저런 애가 어떻게 내 스승이 될 거란 말이지?'

카릴의 말을 의심하는 것은 아니지만 한 달째 문전박대를 당한 그는 결국 화이트 벙커로 향한 캄마와 수안을 따라가지도 못한 채 여기에 남게 되었다.

"도대체 마스터가 주신 쪽지에 뭐가 적혀 있어서 저렇게 화를 내는 거람."

한 달 동안 그가 한 일이라고는 첫 만남에 그녀에게 카릴이 준 쪽지를 준 것뿐이었다.

"에휴……."

태어나서 이런 문전박대는 처음이었다.

"내일 다시 와야겠네."

미하일은 자리를 털고 일어나 창문으로 보이는 세리카를 바라봤다.

불이 모두 꺼져 있었다.

영문을 알지 못하니 그로서는 답답할 노릇이었지만 다른 방법이 없었다.

아마도 에이단이라던지 수안이었다면 당장에 집을 부수고 들어갔을지도 모른다.

"……."

하지만 차마 미하일은 그렇게 하지 못했다.

너부러진 가재도구들이며 부서진 목책 그리고 관리하지 않고 방치된 기구들까지…….

누가 봐도 습격을 당했던 모습이었기 때문이었다.

그다지 생각하고 싶지 않은 기억이 떠올랐다. 트롤이 자신의 마을을 습격했을 때. 그리고 고든 파비안에게 구해져 복수를 하고 돌아왔을 때의 집과 닮아 있었다.

'하지만…….'

이곳은 조금 떨어져 있긴 하지만 마을은 멀쩡했다.

몬스터의 습격이 아니었다.

'아마, 사람의 짓이겠지.'

미하일은 천천히 돌아섰다.

저 안에 있는 소녀는 자신과 비슷했다.

그게 몬스터였든 사람이었든…… 가족이 누군가에 의해 죽었다는 것은 결국 똑같았기 때문이다.

"제길……."

적어도 그 마음을 누구보다 자신이 잘 알고 있었기 때문이다.

"돌아가자."

미하일은 발걸음을 뗐다.

그런데…… 어쩐 일인지 표독스럽게 자신을 노려보던 눈빛이 이상하게 자꾸만 머릿속에 맴돌았다.

연보랏빛 머리칼과 쌍꺼풀이 없이 커다란 눈.

한 달 가까이 매일 봐서 그런 걸까?

고작 열다섯밖에 되지 않은 어린 소녀가 표독스러운 얼굴을 떠올릴 때마다 미하일은 자신도 모르게 피식하고 웃음이 났다.

"어후, 미친……."

그런 자신의 모습에 화들짝 놀라며 미하일은 고개를 절레절레 흔들며 걸음을 옮겼다.

"마스터! 출항 준비 끝났습니다!! 내일 바로 출발할 수 있습니다. 항구에서 출항 허가도 떨어졌고요."

"수고했어. 칼, 훑어보니 2주 동안 내가 시킨 일을 잘한 것 같더군."

칼은 두꺼운 장부를 두들기며 말했다.

"헤헤, 아닙니다."

카릴이 칼에게 시킨 일은 특별한 것이 아니었다. 그저 스스로 코브의 특산품과 타투르에서 가져와 팔았을 때 이윤이 생길 상품 등을 생각해 보라는 것이었다.

어쩌면 칼 맥의 생애 첫 시장 조사일지도 모른다. 하지만 이미 그의 재능을 알고 있는 카릴은 그의 생각을 전폭적으로 지지해 주었다.

"타투르로 돌아가면 너는 즉시 이 물건들을 사서 코브로 돌아와. 그때쯤이면 화이트 벙커에도 우리 지부가 생길 거야. 그럼 넌 다시 그곳으로 가서 시장 조사를 끝내."

"제, 제가요?"

"그래. 그 뒤엔 이시트리아 삼국이다. 거긴 따로 지부를 세우지 않아도 네가 움직일 때면 이미 끝나 있을 거야."

"끝나 있다니요? 어떤……."

카릴은 피식 웃으면서 말했다.

"나중에 봐봐. 우선은 제국과 타투르 그리고 공국을 잇는 항로부터 개척한다. 할 수 있겠지?"

생각지도 못한 카릴의 말에 칼 맥은 당황스러운 얼굴을 했다.

"왜? 못 하겠어?"

"아니요! 너무 흥분돼서…… 아니, 그러니까 제 말은…… 지금 제게 항해 무역을 맡기신다는 말씀이시잖아요!"

너무 놀라 말도 제대로 하지 못하는 칼을 보며 카릴은 웃었다.

"맞아. 아무래도 육지 쪽은 캄마가 담당한다고 해도 바다를 맡길 사람이 필요했으니까. 일단은 익숙한 하워드호로 해봐. 그리고 좀 더 큰 배를 줄 테니까."

공국, 제국, 타투르 그리고 삼국까지.

"거기서 끝이 아냐."

"그럼……."

"우린 북부와 남부까지 손에 넣을 거다. 여러 가지 의미로 말이야."

카릴의 말에 칼은 자신도 모르게 헛웃음을 짓고 말았다.

스무 살이 되어서야 처음으로 배를 몰았던 전생의 그와는 달리 고작 열다섯의 소년이 이미 바다를 누비게 되었으니 말이다.

"맡겨주십시오!"

"이미 맡겼어. 잘해봐. 필요한 자금은 타투르에서 지급할 테니 마음껏 해봐."

"넵!!"

칼은 흥분된 목소리로 외쳤다.

뉘엿뉘엿 저물어 가는 하늘을 바라보며 카릴은 천천히 몸을 일으켰다. 여행의 여독도 풀기 전에 그는 해야 할 일이 너무 많았다.

"또 일이 남으셨나요? 어디 길드로 가시는데요?"

"아냐. 개인적인 일이다. 이건 몰라도 돼."

카릴은 칼의 어깨를 가볍게 두들기며 피식 웃었다.

끼릭-

문을 나서는 그의 손에는 작은 서슬가시가 들어 있는 병 하나 쥐여 있었다.

놀랍게도 그건 화룡의 거처에서 유린에게 주었던 것과 똑같은 서슬가시가 들어 있는 병이었다.

'프란 루레인, 네가 정말 준비를 했는지 어디 볼까.'

카릴은 그 병을 가볍게 튕겨 잡으면서 생각했다.

'드디어…….'

그의 눈빛이 빛났다.

뿌리를 만날 수 있다.

저번과 달리 항만 수비대의 사람들은 카릴의 방문을 기다렸다는 듯 그가 건물 안으로 발을 들여놓자마자 모두가 90도로 인사를 했다.

일합에 동료를 두 동강 냈던 그의 이력은 아무래도 그 뒤로도 계속 회자 되었던 게 분명하다.

"카릴 님."

"저번과 다른 모습이군요. 그 로브는 솔직히 조금 별로였습니다, 공작 저하."

"하하하, 외관이 무슨 의미가 있겠습니까. 그저 신념이 가장 중요한 것이지요."

프란 루레인은 언제 그랬냐는 듯 자연스럽게 카릴을 존대했다.

고급스러운 옷과 값비싼 액세서리들.

그는 지금 우든 클라우드의 프란이 아닌 공국의 프란 루레인으로 그를 만난 것이다.

얼굴에 미소가 만면한 프란을 보며 카릴은 피식 웃고 말았다.

'이거 가면을 쓰고 안 쓰고 완전히 차이 나네. 이 사람…… 성

격이 좀 이상한 거 아냐?'

하긴 생각해 보면 제국이든 공국이든 권좌라는 위치를 두고 싸워야 하는 태생을 가진 자들은 수많은 암투와 중상모략 속에서 클 수밖에 없으니까.

루온과 올리번을 봐도 충분히 알 수 있었다.

어쩌면 이 정도의 태세변환은 약과일지 모른다.

'게다가 저번과 다르게 앉아 있는 녀석들이 하나같이 실력자들뿐이군. 항만 수비대라서 그렇다고 둘러댈 수 있는 핑곗거리도 있고.'

자신에게 인사를 한 뒤에 각자 자신의 업무를 보러 흩어진 부하의 모습을 보며 카릴은 생각했다.

펜을 잡은 자세나 짐을 나르고 있는 모습에서 그들이 결코 평범하지는 않다는 걸 알았다.

'최소 소드 익스퍼트급.'

그 수가 스무 명이 넘는 걸 봐서 저번과 같은 실수를 반복하지 않겠다는 프란의 의지가 엿보였다.

'단칼에 베긴 어렵겠군.'

애초에 카릴 역시 피를 보고 싶진 않기에 그럴 생각도 없었지만 타고난 검사인 그는 건물에 들어서자마자 그와의 거리를 쟀다.

"화룡의 거처에서의 일은 들었습니다. 저희도 그런 보물이 있을 줄은 몰랐는데 놀랍군요. 라바트 길드의 정보력은 황실을 뛰어넘는다…… 라고 봐도 좋겠군요."

"과찬이십니다."

"그러니 우든 클라우드에 대해서도 그리 잘 아시고 말입니다."

"……."

프란은 아무렇지 않게 그 이름을 입에 올렸다. 손을 저으면서 그는 별일 아니라는 듯 카릴에게 자리를 안내했다.

"걱정 마십시오. 이들 역시 모두 일원이니까요. 물론 뿌리, 줄기, 가지와는 달리 이들은 가드들이지만요."

'흐음……. 소속된 일원 말고 전투 요원들은 또 따로 분류를 하고 있다는 말인가. 그렇다면 크기가 훨씬 더 거대하겠어.'

카릴은 상상한 것 이상으로 우든 클라우드의 존재가 엄청날지 모른다는 생각이 들었다. 자신이 상대해야 할 적이 말이다.

"잠시만 기다려 주시겠습니까? 아직 처리해야 할 업무가 조금 남아서 말입니다."

"그러십시오."

프란 루레인은 다소 건물과는 어울리지 않는 화려한 탁자에 앉았다.

'항만 수비대에 있을 만한 물건은 아닌데……. 일부러 이곳으로 옮겨놓은 건가.'

탁자 위에는 가득 쌓여 있는 서류들이 있었다.

프란은 익숙한 듯 깃이 달린 펜을 들고서 한 장 한 장 서류에 사인을 하기 시작했다.

"……."

카릴은 그런 그를 유심히 바라봤다.

언제나 전장에서 만났던 그였기에 자신이 기억하고 있는 프란 루레인은 탁자에서 펜을 잡은 모습보다는 함선 위에서 지휘봉을 쥔 모습이 더 어울리는 남자였다.

그는 무척이나 뛰어난 지휘관이다. 아마 공국에서 이 남자만큼 전쟁을 잘할 수 있는 사람도 없을 것이다.

'제국의 압박이 없다면 틀리 루레인과의 싸움에서도 분명 승리할 터.'

다만 그 능력만큼이나 자신을 믿는 경향이 너무 강해 부하들의 생각을 듣지 않는 게 문제였다.

'어쩌면 앤섬 하워드와 불화가 생긴 것도 그 때문일지 모르지. 올리번이 대륙 통일을 할 때만 하더라도 그는 평민이었어. 게다가 있었던 위치도 이스트리아 삼국 중 하나인 펜리아 왕국이었고.'

사실 카릴은 이번 일을 끝내고 펜리아 왕국으로 가 그를 찾을 생각이었다. 그런데 생각지도 못하게 이곳에서 그를 만나게 되니 놀라지 않을 수 없었다.

'그냥 둬도 프란과 사이가 깨진다는 얘긴데……. 일단은 지켜보는 게 나으려나.'

카릴은 현재 자신의 권세에서 책사의 부재가 크다는 것을 알고 있다. 마음 같아서는 앤섬 하워드를 빼내고 싶지만 그가 우든 클라우드와 관계가 있다는 가능성이 있기에 섣불리 움직일 순 없는 일이었다.

그와 동시에 드는 의문 한 가지.

'지금까지는 나는 앤섬 하워드가 그저 펜리아 왕국의 평민이라고 알고 있어서 대수롭지 않았지만 이 정도로 정세(情勢)에 관여했었던 자였다면 그가 프란과 깨진 뒤에 펜리아를 선택했던 이유도 생각해 볼 필요가 있다.'

왕좌지재라는 평가까지 받았던 그였다.

공국과 제국에 비해 삼국은 분명 열세였다. 게다가 이시트리아 삼국 중에서도 펜리아 왕국은 약소국에 속하는 나라.

'하지만 다른 사람도 아니고 앤섬 하워드가 거길 선택했다는 게 중요하지.'

어쩌면 펜리아 왕국에서 뭔가 가능성을 발견했던 것이 아닐까?

'지금쯤이면 두샬라가 삼국의 고위 간부들을 구워삶아 놨을 테니……. 에이단을 시켜서 좀 조사를 해볼 필요가 있겠어.'

제국에 짓밟혀 사라진 인재들. 꽃피우지 못했던 그들을 얻을 수만 있다면 그보다 좋은 일은 없을 것이다.

스윽- 스윽-

펜이 종이 위를 움직이는 소리만이 집무실 안에 들렸다.

어째서 일을 하는 모습을 자신에게 보여주는 것일까. 아마 이건 그의 생각이 아닐 것이다.

'앤섬 하워드가 시킨 일이겠지.'

카릴은 그를 바라봤다.

이유는 뻔했다. 자신을 기다리게 만들기 위함이었다. 그것만으로도 저번 만남에서 틀어진 관계에서 우위를 다시 점할 수 있게 되니까.

탁-

프란은 마지막 서류까지 사인을 끝냈다. 노을이 지던 창밖의 풍경은 어느새 깜깜한 밤이 되었다.

족히 세 시간은 흘렀을 것이다.

하지만 카릴은 그 시간을 흔들림 없이 기다렸다. 조급해하는 것이 그들이 원하는 거라는 걸 이미 잘 알고 있었기 때문이다.

딸깍-

그러고는 말없이 서슬가시가 들어 있는 유리병을 탁자에 내려놓았다.

"레어에서 얻은 서슬가시입니다. 하나는 유린 경께서 보관하고 계십니다만 두 사람에겐 비밀로 하나를 더 가져왔습니다."

세 시간의 지루한 공방이 무색하게 서슬가시를 바라보는 프란의 눈동자는 심하게 떨렸다.

'내가 너희들 머리 꼭대기에 있다. 이런 뻔히 보이는 수로 날 흔들려고 하다니.'

카릴은 그런 그의 모습을 보며 피식 웃었다.

"사실 서슬가시는 한 쌍을 복용해야 합니다. 하나만 먹어도 효과는 있지만 일시적이죠."

물론, 거짓말이다. 미명의 독을 해독하는 데에 들어가는 서슬가시의 양은 그저 잎사귀 하나면 충분하다.

"그걸 내게 말하는 이유는 뭐지?"

"말씀드렸지 않습니까. 두 사람에겐 비밀이라고 말입니다. 그게 무슨 의미인지 프란 경이라면 잘 아실 텐데요."

카릴의 말에 프란은 낮은 한숨을 내쉬었다.

"못 당하겠군. 계약을 이행에 따라 그걸 황제에게 줄지 내게 줄지 결정하겠다는 말이군."

프란을 바라보며 그는 가볍게 웃었다.

"제국과 공국. 합치면 수십만의 군세가 있는 강대국이 고작 한 명에게 휘둘리고 있다니 이거야말로 놀랄 일이야."

순간 그의 눈빛이 변했다. 공작 프란 루레인이 아닌 우든 클라우드로서의 모습이었다.

"알겠네. 나 역시 자네가 어떤 식으로 우리와의 약속을 지킬지 확인하고 싶었는데 마음이 놓이는군."

"그럼 프란 경께서 약속하신 건?"

"이미 했잖은가."

카릴은 그의 말에 살짝 인상을 찡그렸다.

"무슨 말인지?"

"이미 자네는 뿌리를 만났네."

조금 전 건물 안으로 들어올 때 봤던 수십 명의 가드들을 떠올렸다.

"아직은 뿌리와 직접 만날 만큼 우리의 관계가 이르다고 생각되지 않는가."

'하, 요것 봐라?'

카릴은 당장에 여기서 저자를 베어버릴까 하는 생각이 들었다.

"게다가 자네도 수를 두었으니 우리도 쥐고 있을 카드 하나 정도는 있어야 하지 않겠어?"

"……."

프란은 어깨를 으쓱하며 말했다. 해볼 테면 해보라는 듯한 모습에서 거만함이 느껴졌다.

짜증이 났지만 아직은 그가 필요했다.

카릴은 자리에서 일어서며 말했다.

"뭐, 좋습니다. 일단은 저도 조금 양보하죠. 베일에 싸인 뿌리가 절 봤다는 것으로 일단 만족하겠습니다."

"서로의 계약이 완료될 때 아마 만날 수 있을 거야. 그땐 원하지 않아도 뿌리가 직접 자넬 찾을 거니까."

"부디 그 날이 왔을 때 프란 경도 함께 계시길 바랍니다."

"하하, 당연한 소리를 하는군. 내가 어딜 가겠나. 언제든 코브로 오게나."

카릴은 그의 말에 나지막하게 웃었다.

다음 날.

프란 루레인은 출항하는 하워드호를 물끄러미 바라봤다.

"……."

어젯밤 건물 안에 있었던 항만 수비대의 가드 중 일곱이 죽었다는 보고서가 책상에 덩그러니 놓여 있었다.

"아버님."

티렌 맥거번은 오랜만에 재회하는 크웰을 바라보며 고개를 숙였다.

1년이 넘는 북부 원정을 끝내고 돌아온 청기사단은 휴식 시간도 가지지 않고 바로 국경의 수비를 위해 배치되었다.

단지 크웰 맥거번만이 보고를 위해 황궁에 왔을 뿐이었다.

대륙제일검이라 불리는 소드 마스터인 그에 대한 황제의 처우가 너무하다는 말들도 있었지만 크웰 맥거번은 묵묵히 그 명령을 받아들였다. 그 이유를 누구보다 크웰 스스로가 잘 알고 있기 때문이었다.

자신이 올리번의 편에 섰기 때문이었다.

"아카데미에 들어갔다지? 잘 지내고 있는 것 같아서 다행이구나."

수염이 덥수룩하게 자란 크웰 맥거번은 북부의 추위로 상한 갑옷을 입은 채로 황궁의 복도를 걷고 있었다. 오랜만에 만난 둘째와의 재회가 저택이 아닌 황궁이라는 사실에 그의 표정이 묘하게 씁쓸해 보였다.

"고생 많으셨습니다. 북부의 절반을 토벌하셨다고 들었습니다. 폐하께서 기뻐하실 겁니다."

"폐하께서라…… 네가 그런 말을 하는 날이 오다니. 기특한 건지 아니면 오만해진 것인지 모르겠구나."

티렌은 크웰의 말에 가볍게 미소를 지었다. 그러자 조금 전 살기 어린 모습에서 크웰은 다정한 눈빛으로 그를 바라봤다.

"이제는 궁에 제법 익숙해진 것 같구나. 그래, 너는 똑똑한 아이니 잘해 나가겠지. 언제가 되었든 황궁이 네가 있어야 할 곳이라고 생각했다."

"과찬이십니다."

크웰은 티렌의 어깨를 가볍게 두들겼다.

"려기사단의 소식은 들었다."

"아직 살아 돌아온 자는 없습니다. 어찌 된 영문인지…… 교단에서 돌아오신 폐하께서 조사단 파견을 금하셨습니다."

"이유가 있으시겠지. 북부 원정에 대한 보고를 위해 황궁으로 왔으나 그 이유 역시 포함되어 있다. 기다려 보거라 내가 직접 물을 터이니."

"란돌이 쉽게 죽을 아이라고 생각하느냐."

"아닙니다."

"태생의 차이 때문에 란돌은 묵묵하게 있었을 뿐 그 아이의 재능은 너희와 견주어도 손색이 없다."

"알고 있습니다. 란돌이 대련에서 항상 마르트 형님께 한 수를 물린다는 걸요."

크웰은 눈썰미 좋은 티렌의 말에 가볍게 고개를 끄덕였다.

"살아 있을 게다."

그 말을 끝으로 부자간의 상봉은 끝이 났다. 어느새 복도 끝에 있는 황제의 처소의 문이 보였기 때문이었다.

"후우……."

크웰은 낮은 한숨과 함께 굳게 닫혀 있는 그 문을 바라봤다.

어두운 방.

크웰은 무릎을 꿇은 채 말했다.

"신(臣) 크웰 맥거번, 폐하의 명을 따라 이단섬멸을 수행한바, 북부 원정을 마치고 돌아왔습니다."

"고생했네. 내 자네를 옥좌에서 맞이해야 하지만 상황이 이런지라 이해해 주기 바라네."

"아닙니다. 그저 폐하의 옥체가 상할까 북부에서도 걱정하였습니다."

"그런가."

타이란 슈테안은 침소에 앉아 크웰을 향해 말했다.

어쩐 일인지 황제의 처소임에도 불구하고 촛불 하나 켜지 않은 방 안은 을씨년스러운 느낌까지 받았다.

"내 옥체를…… 자네가 걱정했다……. 어떤 쪽으로 걱정을 했을지가 궁금하군. 병환이 심해질지 아니면 나을지. 그리고 심해짐을 걱정할지 나아짐을 걱정할지 말이야."

"송구하옵니다."

자신을 바라보는 황제의 시선이 차갑다는 것을 크웰은 잘 알고 있었다.

그는 욕심이 많은 자였으니까. 누구보다 황제에 걸맞은 인물이었으니 자신이 가지고 있는 모든 것을 놓으려 하지 않았다. 설령 그것이 자신의 자식에게 주는 것이라 할지라도 말이다.

"뭐, 상관없네. 인간은 언젠가 죽으니 말이야. 하지만 아직은 아닌가 보네. 자네들이 우려하는 일이 해결되어서 말이야."

"그게 무슨 말씀이신지……."

"마침 잘 되었어. 사실 자네에게 소개해 줄 사람도 있었으니 말이야. 아니지. 이미 자네와 알고 있는 사이겠군. 증표를 가지고 있었으니 말이야."

"예……?"

"내게 아주 귀한 사람을 자네가 소개해 준 것이니 어찌 자네를 칭하지 않을 수 있겠나."

크웰은 황제의 말에 고개를 들었다.

도무지 이해가 가지 않는 그의 말에 의문이 가득한 눈빛으로 앞을 바라보자 침대 옆에는 항상 서 있던 시종이 아닌 다른 사람이 서 있다는 걸 깨달았다.

"인사하거라, 카릴."

"……!!"

그 순간 크웰은 생각지도 못한 이름에 자신도 모르게 예의를 차리는 것도 잊은 채 벌떡 일어나 버리고 말았다.

'설마…….'

아닐 거라고 믿었다. 그럴 리가 없다. 만약 자신이 알고 있는 그 아이라면 이민족을 숨긴 죄로 단두대에 그의 목이 잘려도 변명의 여지가 없는 일이었으니까.

"오랜만에 뵙습니다."

"……카, 카릴?"

그는 자신도 모르게 그 이름을 다시 한번 부르고 말았다. 불이 하나 없는 어둠 속이라 정확히 그 형체를 알아볼 수 없었다.

"말도 안 돼……."

모습을 볼 수 없지만 목소리를 듣는 순간 크웰은 황제의 옆에 있는 소년이 카릴이란 것을 확신했다.

"네…… 네가 어떻게 여기에?"

자신이 알고 있는 그가 맞았다.

그 순간 크웰은 심장이 덜컥 주저앉는 기분이었다.

이곳이 어디인가. 황제의 침소였다. 귀족 중에서도 정말 선택받은 자만이 발을 들여놓을 수 있는 곳이었다.

그런 곳에…… 정체마저 숨기려고 했던 카릴이 아무렇지 않게 서 있는 것이 아닌가.

크웰은 혼란스러웠다. 도무지 이해가 가지 않아 가늠조차 불가능했다. 복도에서 만난 티렌은 자신에게 그 어떤 언질도 주지 않았다.

그 말은 곧 티렌도 알지 못한다는 말.

오직 황제의 비밀…….

그 안에 카릴이 있다는 것은 정말 상상도 하지 못할 일이었다.

드래곤을 본 것처럼 놀라 입을 다물지 못하는 크웰을 향해 카릴은 낮은 목소리로 말했다.

"아버지."

보름 전.

"이게 용이 남긴 영생의 잎이라는 말이냐."

황제 타이란 슈테안은 유린이 내민 서슬가시가 들어 있는 병을 바라보며 말했다. 언제나 냉정을 유지하는 그조차 입술이 살짝 떨리는 것이 확실히 목숨이 걸린 일이라는 건 황제도 어쩔 수 없는 일인 모양이었다.

"카릴."

자신의 이름이 호명되자 카릴은 앞으로 나와 황제를 향해 말했다.

"서슬가시라고 합니다. 불꽃의 힘을 담고 있는 잎입니다."

그러고는 그는 낡은 책 한 권을 꺼냈다.

이따금 유적에서 발견되는 것들과 비슷한 것이었다.

"비록 영생까지는 아니더라도 문헌에 따르면 열기를 머금고 있는 잎을 특수한 조제법으로 달여 그것을 다시 환으로 만들어 먹게 되면 몸 안의 기운이 퍼지고 혈기가 왕성해져 보신을 하게 된다 합니다."

카릴은 암시장에서 만든 가짜 고서를 펼치며 말했다.

"폐하의 옥체를 더욱 강령하게 만들어줄 것이며 몸 안의 독소가 모두 타버려 오랜 세월 안녕을 유지하시게 될 것입니다."

"흐음……."

타이란 슈테안은 확인을 요구하듯 유린을 바라봤다.

"고서는 확인했습니다. 그리고 레어에서 이 잎을 얻는 것 역시 저희가 보았습니다. 다만…… 가능하면 정말 효능이 있는지 시험해 보는 것이 좋을 듯싶습니다."

유린은 카릴의 눈치를 보며 조심스럽게 말했다.

그런 그를 바라보며 생각했다.

'저 인간. 아직 겁을 덜 먹었군. 하긴…… 아직 힘을 제대로 보인 적이 없으니까. 뭐, 조만간에 고분고분하게 만들 일이 생길 테니.'

그의 눈빛에 담긴 생각을 알아차린 걸까.

유린 휴가르는 헛기침을 하며 카릴의 시선을 피했다.

"하나, 잎은 하나뿐입니다. 유린 경의 말씀도 마땅하나 때로는 무언가를 얻기 위해서는 모험이 필요한 법이기도 합니다."

"제조는 어떻게 할 생각이지?"

"제가 하겠습니다."

카릴은 기다렸다는 듯 황제에게 말했다.

"환을 제조하는 것이라면 차라리 황궁의 치유사들에게 맡기는 것이 나을 것 같은데. 그들은 매일 연금술이다 뭐다 하며 이상한 것들을 만드니까."

"이 제조법은 조금 특이합니다. 치유사들은 알 수 없는 수식어들을 해석해야 하죠."

"흐음……. 그런 걸 너는 할 수 있다?"

미심쩍다는 표정을 짓는 황제를 향해 카릴은 웃으며 말했다.

"폐하, 제국과 공국 그리고 삼국에도 없는 것이 타투르엔 있습니다."

"그게 뭐지?"

"바로 유사 인종들입니다. 고서에 나와 있는 고대어는 사제들이 해석할 수 있는 것이 아닌 엘프어입니다. 폐하께서도 아시다시피 엘프는 과거 신의 은총을 받았던 종족 중 하나."

물론 거짓말이었다. 애초에 카릴이 가져온 고서는 암시장에서 드워프와 노움의 언어를 섞어 만든 가짜였으니까.

"흐음……. 엘프는 멸종되었다고 알고 있는데……. 아직 살아 있는 엘프가 있나."

황제가 눈을 반짝였다.

엘프어를 떠나 이 와중에도 마치 새로운 보물을 탐욕스럽게 가지고 싶어 하는 눈빛이었다.

"아닙니다. 단지 암시장의 노움 중에 엘프어를 아는 자가 있었습니다. 그들은 호기심이 많은 종족이니까요."

"노움이라……. 땅굴 깊숙한 곳에 숨어 지내기 좋아하는 작은 종족들이지."

황제는 실망스러운 표정을 지으며 고개를 끄덕였다. 작고 못생긴 그들은 큰 관심을 끌지 못한 듯싶었다.

전생에서도 엘프를 본 적이 없었다. 멸망했다고 알려지며 이제는 책 속에서나 볼 수 있는 종족이었다.

"암시장에서 구하지 못하는 것이라면 대륙 어디에도 없는 것이 맞지만 제국에 없다고 암시장에 없는 것은 아니니까요."

카릴은 아무렇지 않게 말했다.

오직 자신만이 할 수 있음을 강조하기 위함이었다.

"건방진 소리로구나."

"자신이 없다면 이런 말을 드리지 않았을 겁니다."

"크크……. 그래?"

황제는 아이러니하게도 그런 카릴의 모습이 썩 마음에 드는 눈치였다.

카릴은 타이란 슈테안을 직접 모셨던 적은 없지만 이곳에 있는 그 누구보다 황제에 대해서 잘 알고 있다고 자신했다.

어쩌면 그의 아들들보다도 훨씬 더.

'아버지는 항상 강함을 좇던 욕심 많은 자였지. 물론, 그 바람이 어느 순간 삐딱하게 변해 자식들에게까지 검을 겨누었지만…… 이따금 널 보면 아버지를 떠올리게 된다, 카릴.'

카릴은 올리번이 했던 말을 떠올렸다.

가끔 술을 마실 때가 있으면 취기에 황제에 대한 이야기를 카릴에게 종종 하곤 했었다.

황제가 그의 어미를 어떻게 죽였는지에서부터 자신이 3황자를 죽인 이유에 대한 사소한 고백까지.

올리번은 입버릇처럼 말했다.

'아버지가 제일 아낀 건 나도 루온도 아닌 3황자였던 크로멘이었어.'

단지 카릴은 그게 습관처럼 내뱉는 말이라고 생각했다.

하지만 지금 생각해 보면 이상하다.

'황제가 죽은 방식과 똑같은 방법으로 죽이다니. 올리번, 너란 녀석은 도대체…….'

단순히 완벽한 살인법이기 때문에 택한 것인지 아니면 황제 못지않게 삐뚤어진 동생에 대한 아들의 질투인지는 사실 모른다.

하지만 이따금 이런 식으로 전생에 알지 못했던 사실을 알게 되었을 때 때로는 소스라치게 놀라는 일들이 있었다.

나르 디 마우그 그리고 올리번. 전생의 마지막을 함께했던 두 사람에 대한 짙은 의문이 회귀 이후 점차 더 짙어질 따름이었다.

카릴은 천천히 고개를 들었다.

"하지만 장소가 필요합니다. 안정적으로 제조를 할 수 있는 도구들이 있는 곳으로."

"그곳이 어디지?"

마침내 길고 길었던 계획의 마지막 목적지를 카릴은 입 밖으로 뱉어냈다.

"황궁입니다."

크웰 맥거번은 눈앞에 있는 소년이 정말 자신의 양자인 카릴인지 의심스러웠다. 아니, 알고 있었지만 부정하고 싶은 걸지도 모른다.

가면을 쓰고 있었기 때문에 얼굴을 알아볼 수 없었고 단지 확인할 수 있는 것은 자신이 카릴에게 준 증표뿐이었다.

"자네는 내 건강에 대해서 아는 몇 안 되는 사람 중 한 명이지. 그리고 자네가 기밀을 절대로 발설하지 않을 사람이란 것을 알기에 말했었지."

"송구하옵니다."

"이 일은 4공작을 제외하고 제국의 귀족들 중엔 오직 자네와 유린 경이 유일하네."

카릴은 황제의 말에 생각했다.

'역시…… 그때 작위를 준 게 아니라 이미 귀족이었군. 우든 클라우드 못지않게 교단엔 황제의 측근들도 파견되어 있다는 말인데……. 삼국 쪽도 나름 손을 쓰고 있으려나? 진짜 교단이야말로 이미 전쟁터로군.'

그의 생각을 아는지 모르는지 황제는 계속해서 말을 이어갔다.

"이 아이가 아주 큰 일을 해냈지. 화룡의 거처에 있는 화염초를 구해 내게 바쳤으니 말이야. 수년에 걸친 제국의 탐사대들도 구하지 못한걸."

"……?!"

크웰은 어리둥절한 눈빛으로 카릴을 바라봤다.

"그 덕분에 내 몸이 한결 나아졌네. 국정을 돌봐도 충분히 가능할 정도로 말이야."

이어지는 황제의 말은 충격적이었다.

황제가 국정을 재상을 비롯한 공작들에게 위임한 지 이미 수년이 지났다. 그리고 그의 병세를 알고 있는 공작들은 황제가 교단으로 떠날 예정이란 것을 알게 된 이후엔 곧 황권을 물려주게 될 것이라는 추측이 확신으로 변했다. 그렇기 때문에 대신들은 저마다 자신들이 지지하는 황자의 편에 섰다. 크웰 역시 마찬가지였다.

그런데…….

'폐하가 다시 국정을 돌보신다니…….'

신하로서 기뻐해야 할지 슬퍼해야 할지 그조차 가늠할 수가 없었다.

"크웰 맥거번."

"예…… 폐하."

"자네를 부른 이유는 단 하나일세. 곧 모든 대신을 소집할 거야. 그때 자네가 내 옆에 있어주길 바라네."

황제의 제안은 놀라웠다.

엄연히 제국 7기사단의 단장인 벨린 발렌티온이 이끄는 금(金)기사단이 황제의 직속 친위 기사단으로 존재하고 있기 때문이었다.

'벨린 경은 제국을 이끄는 4공작 중 한 명이다. 그런 자의 자리를 내가 대신한다는 건…….'

전장에 잔뼈가 굵은 크웰은 황제가 바라는 것이 무엇인지 단번에 눈치챘다.

'나와 벨린 경을 서로 적으로 만드시려는 것인가.'

황제는 그가 올리번파라는 것을 당연히 알고 있을 것이다. 그럼에도 불구하고 황제가 옥좌 옆에 그를 세우겠다는 것은 황제 스스로 벨린 발렌티온이 아닌 크웰 맥거번을 선택했다는 뜻. 그건 그가 올리번과도 멀어지게 만들 계기가 될 수 있다는 말이기도 했다.

"……."

크웰은 서 있는 카릴을 바라봤다.

'설마…… 이것까지 네가 한 일이냐, 카릴.'

묻고 싶은 것이 너무 많았다. 모든 것을 받아들이고 이해하기엔 너무나 갑작스러운 상황이었기 때문이다.

'도대체 무엇을 하고 다녔기에…….'

도망치듯 저택에서 사라졌던 아이가 보란 듯이 황제의 옆에서 있게 되었느냔 말이다.

꽈악-

크웰은 주먹을 꽉 쥐며 말했다.

"……명을 받들겠습니다."

"그래, 돌아가도 좋네. 짐은 이제 조금 쉬어야 할 것 같으니 말이야."

황제는 그 말을 끝으로 손을 저으며 다시 침대에 누웠다.

쿠웅-

침소의 문이 닫히고 황제는 나지막한 목소리로 물었다.

"이것으로 되었느냐. 네 제안이 솔직히 나로서는 놀랍지 않을 수 없다. 약을 만들기 위해 제국의 공방을 써야 한다는 그럴듯한 핑계로 아무렇지 않게 황궁에 들어와서는 원하는 일이 이거라니 말이야."

카릴은 헤임에서 서슬가시로 만든 해독제를 황제에게 건네며 한 가지 제안을 올렸었다.

벨린의 자리에 크웰을 올리도록 하는 것.

처음에는 그의 말을 이해할 수 없다는 듯 황제가 되물었다. 황제의 옥좌를 지키는 것은 오직 친위대만이 가능한 일.

크웰의 청기사단은 강하지만 친위대가 아닌 국경의 수비대였기 때문이었다.

"폐하께서 교단에 오셨을 때 알았습니다. 중립을 취하고 있는 벨린 경도 이미 마음을 정하셨다는 것을요. 아마…… 루온 황자 쪽이겠지요."

"흐음."

타이란 슈테안은 천천히 고개를 끄덕였다.

그가 요양을 위해 교단에 왔을 때 친위기사단 중 고위급 기사가 없었다는 걸 카릴은 눈치챘다. 아무리 극비 사항이라 할지라도 제국의 황제가 움직이는 일이었다.

벨린이 직접 나서지 않았다는 것만으로 그가 이다음을 선택했다는 것을 알 수 있는 일이었다.

"폐하께서 다시 황권을 잡기 위해서는 가장 중요한 것은 두 황자의 힘을 대등하게 만드는 것입니다. 려기사단이 사라진 이상 올리번 황자의 권세는 확실히 루온 황자에 밀리고 있을 터."

"나를 떠난 벨린 대신에 크웰을 그 자리에 올려 올리번에게 무게를 실어주어 루온을 견제하라 이 말이군."

황제는 쓴웃음을 지으며 말했다.

"꼴이 우습게 되었구나."

"송구스럽습니다."

제국을 호령하던 황제가 지금은 자식들의 눈치를 보며 재기의 기회를 찾아야 했으니 말이다.

'단지 그 이유만은 아니다. 아버지께서 황제의 옆에 있어야 하는 건…….'

카릴은 조금 전 크웰이 나간 방문을 바라보며 생각했다.

'그게 아버지를 살릴 수 있는 길이니까.'

그러고는 천천히 고개를 숙이며 카릴은 황제에게 작별의 예의를 취했다.

'제국에서 해야 할 일은 이 정도로 충분해. 웬만하면 돌아갈 때까지 황자들과 마주치지 않길 바랄 뿐. 나머지는 황제가 알아서 할 테니.'

아무리 병환으로 실권을 상실했다 하더라도 타이란 슈테안은 타이란 슈테안이다. 아직 스무 살도 안 된 자식들에게 쉽사리 질 리가 없었다.

"정말…… 카릴이냐."

황제의 침소에서 카릴이 나오자 기다렸다는 듯 목소리가 들렸다.

"……."

카릴은 보지 않아도 그가 누구인지 알 수 있었다. 똑같은 부자의 상봉이었지만 티렌 때와는 분위기가 전혀 달랐다.

크웰은 나지막한 목소리로 물었다.

"얼굴을 가리고 있구나."

"그 이유는 아버지께서 더 잘 아실 겁니다."

"……정말이냐."

그는 다시 한번 물었다.

"좋다. 어떻게 된 것이냐 묻지 않겠다. 하지만 뭘 하려고 하는 것인지는 알아야겠구나."

살갗이 찌릿찌릿할 정도의 살기가 느껴졌다.

소드 마스터의 위용.

'아무리 나라 하더라도 아직 아버지를 이기는 것은 불가능하겠지.'

5클래스의 벽을 뚫은 지금 카릴 역시 소드 마스터의 경지에 도달했다고 봐도 과언이 아니었다.

하지만 그는 본능적으로 깨달았다. 아직 크웰 맥거번과의 차이가 확연하다는 것을.

'마력을 얻게 되니 오히려 아버지의 경지가 얼마나 대단한지 알게 되는군…….'

하지만 두려운 것은 아니다. 자신은 마력 없이 순수한 검술만으로 크웰 맥거번의 경지를 열여덟에 뛰어넘었으니까.

이제 그의 나이 고작 열셋.

하지만 이미 크웰과 같은 소드 마스터의 경지에 올랐다.

'앞으로 1년……'

시간은 그의 편이다. 자신이 신탁이 내려지기 전에 크웰 맥거번의 경지를 뛰어넘을 것임을 확신했다.

"폐하께서 말씀하신 것이 끝입니다. 우연한 기회에 교단에서 폐하의 용태를 살폈고…… 타투르의 암시장에서 폐하를 치료할 수 있는 방법을 알게 되었습니다. 다만, 극비인지라 오히려 제국의 힘을 빌릴 수 없었습니다."

"……."

"그리하여 저를 고용하신 것입니다. 혹여 실패해도 피해가 가지 않은 제삼자를 말이죠."

"어째서 널?"

카릴은 살며시 입꼬리를 올렸다.

하지만 가면을 쓰고 있어 크웰에겐 보이지 않았다.

"제가 타투르의 주인이기 때문입니다."

"……!!"

그 한 마디에 크웰의 눈이 튀어나올 듯 커졌다. 놀라지 않을 수 없었다. 아니, 경악에 가깝다고 해야 할 것이다.

"……몇 번이나 나를 놀라게 하는구나. 귀족이라 하더라도 어떤 이는 죽었다가 깨어나도 정계에 진출하지 못하고 생을 마감하는 자들이 수두룩한데 너는……."

'이민족임에도 불구하고 이곳에 있으니'라는 말을 하려다 크웰은 입을 다물었다.

게다가 타투르가 어떤 나라인가. 대륙의 3강 그 누구도 손대지 못하는 곳이었다. 그런데 이 짧은 시간에 제국도 하지 못한 일을 그가 해냈다는 말이다.

1년 전, 홀연 단신으로 저택을 나가던 어린아이에 불과했던 카릴 맥거번이 말이다.

"……."

도무지 가늠이 되지 않았다.

크웰은 한없이 어리게만 보였던 자신의 양자가 너무나도 커졌다는 것을 느꼈다.

하지만 여기서 끝이 아니었다.

'아버지를 황제 쪽에 세우기 위해 어쩔 수 없이 정체를 밝혔지만 아버지의 성격상 이대로라면 분명 그는 앞으로 내 계획에 걸림돌이 될 것이다.'

자신에게 시선을 떼게 만들어야 한다. 쉬지 않고 크웰을 몰아쳐야 했다. 그렇기 때문에 카릴은 마지막으로 준비한 카드를 꺼내었다.

어쩌면 이것이 그가 제국에 온 가장 큰 이유일 수도 있다.

"란돌."

그 이름이 들려오자 크웰은 자신도 모르게 마른침을 삼켰다.

카릴은 나지막한 목소리로 말했다.

"살아 있습니다."

▶Chapter 6◀

"으음……."

창밖으로 햇살이 아스라이 드리우는 오후. 남부의 열기와는 달리 시원한 바람이 불었고 나뭇잎이 바람에 흔들리는 기분 좋은 소리만이 이따금 들렸다.

새액- 새액-

그리고 창 안쪽으로 고르게 숨을 쉬는 듯 일정한 속도로 가슴이 오르락내리락하며 잠이 든 사람.

"……!!"

하지만 그것도 잠시. 침대에 누워 있던 그는 덮고 있던 이불을 세차게 걷어차며 벌떡 일어났다.

평화로웠던 방 안에 정적도 거기까지였다.

"쿨럭……!! 쿨럭!!"

고통스러운 기침과 함께 피가 한 움큼 입에서 터져 나왔다. 지끈거리는 머리는 너무나 무거웠고 전신엔 힘이 들어가지 않았다.

그럼에도 불구하고 란돌은 있는 힘을 짜내 침대를 벗어나려 했다.

"그만두는 게 좋아. 근육이 모두 파괴되었으니까. 감당하지 못할 힘이라도 쓴 모양이지."

란돌은 화들짝 놀라며 고개를 돌렸다. 그러자 전신에 극심한 고통이 밀려와 그는 그만 침대에서 떨어져 바닥에 쓰러지고 말았다.

"하아……. 차라리 기절해 있을 때가 낫군."

의자에 앉아 있던 사람은 바둥거리는 란돌을 바라보며 낮은 한숨을 내쉬었다. 그러고는 쓰러진 그를 부축했다.

그의 손이 닿자마자 신기하게 따스한 바람이 란돌의 몸을 감싸더니 마치 바람이 그의 몸을 밀어 올리듯 가볍게 떠올랐다.

"내가…… 어떻게 된 겁니까."

란돌은 자신의 어깨를 잡은 손가락이 가늘고 무척이나 희다는 것을 알 수 있었다.

여자의 손이었다.

"어머, 그걸 지금 나한테 묻는 거야? 기억이 나지 않나 보지?"

목소리는 가늘었다.

고통 때문에 처음에는 알아차리지 못했지만, 그녀의 목소리는 일반적이지 않았고 묘하게 이중적으로 들리는 것이 특이한 음률을 가진 것처럼 보였다.

'……엘프?'

란돌은 자신의 눈을 의심했다.

엘프가 멸종되었다는 건 세 살짜리도 알고 있는 이야기였으니까. 그는 눈앞의 여자를 믿을 수 없다는 얼굴로 바라봤다.

"다른 사람들은 모두 죽었다. 너만 살아남았지."

현실을 깨우는 그녀의 말에 란돌은 조금 전 자신이 착각했다는 것을 알았다.

"……."

란돌은 몇 번 자신의 눈을 비볐다. 그러자 길게 자라 있었던 그녀의 귀는 평범한 사람의 것과 똑같았고 인간의 것이 아닌 것 같았던 새하얀 눈동자는 푸른색의 아름다운 눈동자로 바뀌었다. 그녀는 엘프가 아니라 그저 엘프만큼이나 아름다운 여성일 뿐이었다.

'미쳤군……. 이제 헛것이 보이나.'

란돌은 그런 생각에 낮은 한숨을 내쉬었다.

그녀가 고개를 돌리며 말했다.

"네가 쓰던 검이지?"

벽에 기대어놓은 프람베르쥬를 가리켰다.

검집에 잠겨 있는 해방된 불꽃을 보자 란돌은 그 날의 기억이 떠올랐다.

아아아악—!!

아악—!!

비명이 귀를 가득 채웠다.

존경해 마지않았던 그들이 적에게 무참하게 쓰러지는 모습이 수면 위로 떠오르듯 생생하게 보였다.

'그놈…….'

란돌은 자신도 모르게 이를 바드득 갈았다. 자신과 비슷한 또래임에도 불구하고 사람을 베는 데 주저함이 없었다.

그뿐 아니라…… 자신은 넘볼 수 없는 압도적인 검술. 다시 그를 떠올리자 란돌은 자신도 모르게 온몸에 닭살이 돋으며 떨렸다.

"제가…… 얼마나 기절해 있었습니까?"

"글쎄? 한두 달은 넘었을걸."

"네?!"

생각지도 못하게 너무나 지나가 버린 시간에 란돌은 깜짝 놀라며 소리쳤다.

"그게 다행인 거야. 오히려 그렇게 누워 있지 않고 움직였다간 회복도 하지 못했을 테니까. 동료들과 같이 너도 강을 건넜을걸."

그녀가 말하는 강이 그저 일반적인 강이 아니라는 걸 알기에 란돌은 자신도 모르게 마른침을 꿀꺽 삼켰다.

"들어나 볼까. 네 몸을 보면 알 수 있지 충분히 기사급의 실력이라는 것. 하지만 그 실력과는 비교할 수 없을 정도로 네

검상은 비범하지."

그녀는 손가락 두 개를 펼쳐 란돌에 앞에 보이며 말했다.

"널 이렇게 만든 적은 최소 너보다 두 단계는 위에 도달한 자일 거야. 그리고 네가 맥없이 쓰러져 있던 시간 동안에도 더 강해졌겠지."

"……."

"말해봐. 그날 무슨 일이 있었는지."

"……."

란돌은 천천히 입을 열었다. 나락 바위에서 있었던 일과 처음 보는 보랏빛의 전격, 따라갈 수 없었던 적의 속도와 강함 그리고……. 압도적인 그 차이에 느꼈던 절망감까지.

그는 어째서 처음 보는 여자에게 이런 말까지 하고 있는 것인지 알 수 없었다.

"청린을 채취하려 하다가 그렇게 됐다니. 자업자득이네. 애초에 청린은 마도 시대에 드래곤이 선택한 자에게만 허락한 광물이니까. 7인의 원로회 중 한 명인 알른 자비우스가 아니면 블레이더(Blader)라 할지라도 손댈 수 없는 물건인데."

의외로 그녀는 냉정하게 반응했다.

"인간의 욕심은 끝이 없다니까."

그녀는 낮은 한숨을 내쉬면서 말했다.

"블레이더? 그건 뭡니까?"

란돌은 처음 듣는 말에 고개를 갸웃거리며 그녀에게 물었다.

"네가 알 바 아냐. 존재했어도 존재하지 않고 역사에도 남아 있지 않은 사람들이니까."

그녀는 대수롭지 않다는 듯 말했다.

"그런데 전 어떻게 이곳에 있는 겁니까. 당신이……. 절 구해주신 겁니까."

란돌은 생각해 보니 그녀의 이름도 모르고 있다는 사실을 깨달았다.

"아니. 부상한 너를 업고 누가 내게 찾아 왔었어. 널 치료해 달라고. 값비싼 마법 재료들을 아낌없이 주고 갔지."

그녀는 테이블을 가리켰다. 위에는 주머니 하나가 있었는데 반쯤 부서진 붉은색의 속성석이 있었다.

"저게 뭔지 알아? 최상급 적명석이야. 저걸 어디서 구한 건지 모르겠지만, 황제도 쉽게 구하지 못할 물건이지."

부서졌지만 적명석의 각이 8개라는 걸 알아볼 수는 있었다. 란돌은 깜짝 놀라며 자신의 몸을 살폈다.

"저게 없었다면 아마 넌 걸어 다니지도 못할 반병신이 되었을 거야."

"어떻게……."

도대체 어떤 귀인이 자신을 구해준 것도 모자라 억만금을 주어도 살 수 없는 8각석을 내어준단 말인가.

란돌은 기억을 더듬어 봐도 도무지 생각이 나지 않았다.

치욕스럽지만 보랏빛의 검기에 맞아 쓰러진 것이 그의 마지막 기억이기 때문이다.

"세상엔 알 수 없는 일들이 많으니까. 그저 네가 아주 운이 좋았다고만 알면 돼."

"……."

"진짜 중요한 건 이거니까."

테이블 위에 놓인 두 자루의 검을 집었다. 두 자루는 모두 롱 소드와 레이피어의 중간 정도의 얇은 세검이었다.

"복수하고 싶지 않아?"

"……네?"

"강해져서 너와 네 동료를 이렇게 만든 그 녀석에게 복수를 하고 싶지 않으냔 말이야."

란돌은 그녀의 말에 눈이 흔들렸다.

"강해질 수 있습니까……?"

어째서 생전 처음 본 사람에게 이런 말을 하고 있는 것인지 란돌은 스스로도 이해가 가지 않았다.

너무나 강한 상대를 봤기 때문일까. 아니면…… 눈앞에 있는 그녀가 강자라는 것을 본능적으로 알았기 때문일까.

란돌은 알 수 있었다. 두 자루의 검을 쥔 순간부터 그녀에게서 따끔거리는 살기가 흘러나오고 있다는 것을.

"강해질 수 있다."

그녀가 입을 연 순간 소름이 돋았다. 자신을 이렇게 만든 적은 한없이 패도적인 기운이었다면 그녀는 수천, 수만 번을 정성스럽게 갈고 또 갈아서 만들어진 비수가 자신을 찌르는 것 같았기 때문이다.

려기사단의 부단장이었던 나르일에게서도 느껴 보지 못한 전율.

기회다.

란돌은 이 운명을 잡아야 한다고 생각했다.

"네가 어떻게 하느냐에 따라서. 원래 한 번 죽은 자는 더 강해지는 법이니까."

그녀는 가볍게 어깨를 으쓱하며 말했다.

"다만 내가 도와줄 수 있다."

"어째서 절……."

란돌의 물음에 그녀는 묘한 웃음을 지을 뿐이었다. 그리고 대답 대신.

"밀리아나."

움직일 때마다 쥐고 있는 두 자루의 검이 공기를 베는 것 같은 쇳소리가 들렸다.

"내 이름이다."

그녀는 이름을 말했다.

그 순간 란돌은 조금 전 자신의 물음에 대한 답을 들을 생각도 잊은 채 놀란 얼굴로 그녀를 바라봤다.

'이걸로 됐어.'

카릴은 황궁의 복도를 걸으며 손목에 선명하게 찍힌 손자국을 보며 쓴웃음을 지었다.

조금만 더 힘을 주었다면 부러졌을지도 모른다.

그는 한가로워 보이는 황궁의 풍경을 바라보며 조금 전, 자칫 잘못했으면 이 풍경을 다시는 볼 수 없었을지도 모를 순간을 떠올렸다.

-디곤……? 그곳에 란돌이 있단 말이냐.

생각지도 못한 이름에 크웰은 당혹스러운 표정으로 물었다.

-그렇습니다.

-그걸 네가 어떻게 아느냐.

-제가 타투르에 있다고 말씀드렸을 텐데요.

크웰 맥거번은 카릴의 말에 움켜쥐었던 손을 풀었다.

-북부에 계셔서 모르시겠지만 디곤 일족이 제국에 동조하고 있다는 소문이 있습니다.

-제국이 야만족과 동맹을 맺었단 소리라도 하는 거냐.

-그건 저보다 귀족이신 아버지께서 더 확실하게 알아보실 수

있으시겠죠.

그의 말에 크웰의 낯빛이 어두워졌다. 자신의 청기사단이 있는 곳은 제국에서도 북부의 경계. 남부와는 극과 극에 위치해 있었다. 게다가 황제가 북부 원정 이후 내정의 안정을 이유로 잠시 남부 토벌의 지시를 내리지 않은 상황.

몇몇 기사들은 이에 불만을 터뜨리기도 했지만 크웰 자신이 황제에게 이렇다 할 말을 꺼낼 수 없었다. 남부 원정의 잠정적 중단의 이유가 바로 자신의 북부 토벌 때문이었으니까.

'괜찮다고 하더라도 북부에서 돌아온 지 얼마 안 되는 청기사단이 움직일 수는 없는 상황. 결국, 다른 기사단을 움직여야 하는데…….'

이미 군세는 황자들로 나누어져 있는 상태니 이 또한 서로를 견제함에 선불리 움직일 수가 없었다.

'내가 지금 움직이면 가뜩이나 려기사단이 빠진 올리번 황자님의 세력이 약화 된다…….'

올리번의 실질적인 주요 병력이 바로 자신이었으니까.

청기사단, 아니, 그가 자유롭게 움직이기 위해서는 결국 루온 황자의 위협에서 올리번을 안전하게 보호할 힘이 필요했다. 아이러니하게도 그것이 바로 황제였다.

'결국, 방법은…… 다시 국정의 균형을 폐하께 집중시키도록 돕는 것인가.'

크웰은 굳은 표정으로 카릴을 바라봤다.

톱니바퀴가 굴러가는 것처럼 너무나도 완벽하게 려기사단의 전멸로 인한 올리번 황자의 지지약화 시점에서 황제가 건강을 되찾고 돌아왔다.

그리고…… 자신의 여섯째 아들 역시.

'어디까지 관여되어 있는 것이냐, 카릴.'

크웰은 불안한 눈빛으로 그를 바라보며 낮은 한숨을 내쉬었다.

-후우……. 미안하구나. 생각해 보면 너는 아무런 죄도 없는 것을. 오히려 상을 받아 마땅할 일을 했는데 말이다. 원래대로라면 대신들 앞에서 너의 공을 치하했을 텐데.

그는 카릴이 쓰고 있는 가면을 바라봤다.

-네가 이민족임을 증명하는 눈동자와 머리 색 때문이겠지.

카릴은 고개를 끄덕였다.

하지만 그의 말과 달리 가면 속 눈동자는 마법으로 바꾼 갈색이었다.

'사실은 아버지 당신께 들키지 않으려는 것이지만요. 란돌 때와 달리 이번은 당신이 내가 카릴이라는 것을 알도록 해야 했으니까.'

—……그곳의 생활은 괜찮은 게냐.

크웰은 그제야 오롯이 카릴에 대한 물음을 물었다.

가면 뒤에 얼굴은 씁쓸하게 웃으며 그에게 대답했다.

—괜찮습니다. 그곳은 많은 인종이 살고 있으니까요. 아버지께서도 아시지 않습니까. 제국보다 그곳이 제게 더 어울린다는 걸.

—…….

—마도 시대엔 마력의 유무로 사람을 구분하지 않았다고 합니다. 그리고 실제로 지금도 남부의 디곤과 같은 일족은 마력이 없어도 한 나라에 맞먹는 힘을 가지고 있습니다.

카릴은 뻐근한 손목을 한 바퀴 돌리며 크웰을 지나쳤다.

—그런 세상도 괜찮지 않겠습니까.

하지만 크웰은 카릴의 말에 이해한다는 표정을 지으면서도 단호하게 말했다. 아버지가 아닌 기사의 얼굴이었다.

—그랬던 마도 시대도 결국 종결을 맞았다.

—평등했던 시대를 부정하시는 겁니까.

-아니, 단지 지금 시대를 인정하는 것뿐이다. 마도 시대는 마도 시대가 가졌던 문제점이 분명 있었을 테니까. 그렇지 않다면 그 시대가 지금까지 이어져 왔겠지.

그는 신념이 굳은 자였다.

카릴은 그런 그가 싫지 않았다. 설령 자신이 가려는 길과 다른 길을 택할 것을 잘 알고 있음에도 불구하고 말이다.

-카릴, 네가 나를 아버지라고 처음으로 불렀구나.

-…….

-세상이 평등하지 않다고 하더라도 적어도 나는 너희들에게 평등하다.

크웰은 황제에게 받았던 청기사단의 증표를 다시 카릴에게 건네며 말했다.

-란돌도 너도 모두 나의 아들이다.

그 순간 카릴의 어깨가 가볍게 떨렸다.

-그렇기 때문에 나는 란돌을 그리 만든 자를 절대로 용서하지 않겠다.

등 뒤에서 느껴지는 분노, 그리고 살기.

쿵- 쿵- 쿵-

그가 발걸음을 뗄 때마다 복도에서 울리는 육중한 소리가 들렸다.

카릴은 아무런 말도 하지 않고 그저 그가 준 증표만을 차가운 눈빛으로 바라봤다.

'저 역시.'

그러고는 그가 걸었던 방향과 다른 출구를 향해 그는 걸어갔다.

"마스터, 이제 어디로 모실까요."

카릴은 자신을 향한 목소리에 기억에서 벗어나 고개를 들었다.

황궁의 복도 끝 에이단은 평상시와 달리 깔끔한 차림으로 예의 바르게 허릴 숙이며 그를 맞이했다.

"삼국은?"

그의 말에 그는 가볍게 웃으며 대답했다.

"플랜 B가 거의 끝났습니다. 삼국 귀족들의 재산 중 80%는 이미 타투르에 저당 잡혀 있습니다. 두살라께서 마스터의 명을 받고 무척이나 즐거워하셨죠. 자신이 가장 잘할 수 있는 일이라고."

카릴은 타투르의 창고에 쌓여 있을 금화들을 생각하며 낮게 웃었다.

"그래."

쿠르르르르르…….

'대륙에서 가장 처음 불게 될 피바람인 황권전쟁.'

카릴은 문을 나섰다.

'그 불길을 일으키도록 그냥 두지 않을 것이다.'

제국은 황제로 인해 분주해졌고 공국은 프란과 튤리의 전쟁으로 불타오를 것이다. 그리고 두샬라의 계책에 의해 속성석을 두고 무분별하게 경쟁하던 삼국의 국고는 자신도 모르는 사이에 무능한 귀족들에 의해 바닥이 드러나 있을 것이다.

'전생에도 그렇고 지금도 그들은 마광산으로 인해 결국 망하는구나.'

다른 것이 있다면 전생과 달리 목숨을 내거는 피를 부르는 전쟁이 아닌 그들의 힘을 고스란히 자신이 흡수할 수 있게 될 것이라는 걸.

'마음먹었다면 삼국은 그전에도 내 것으로 할 수 있었다.'

하지만 기다렸다. 이 모두가 자신이 만든 안배로 인해 일어난 일.

'그 틈을.'

자신은 공략할 것이다. 삼국을, 공국을 그리고 제국을 말이다.

가장 많은 사람과 가장 많은 권세를 보존하며 이후에 있을 최대의 전쟁을 준비하기 위한 그의 계략, 일망타진(一網打盡).

카릴은 에이단을 향해 말했다.

"타투르로 돌아간다."

모두가 평온하다 여기는 이 시간에도 카릴은 홀로 이미 전쟁을 하고 있었던 것이다. 나락 바위에서부터 지금까지 단 한 번도 고삐를 늦추지 않고 말이다.

"아버님!!"

날카롭고 쩌렁쩌렁한 목소리가 궁 안에 울렸다.

"도대체 무슨 일을 하신 겁니까. 지금 국고가 바닥이 날 지경이라구요!!"

"조용히 하여라. 대신들이 모두 동의한 일이다. 기껏해야 1년 치의 예산이지 않으냐. 그 정도의 금액은 가을이 되면 충분히 충당할 수 있다."

"하지만……!!"

"네가 왈가왈부할 문제가 아니다. 실정은 다른 왕국들도 마찬가지니까. 하지만 이대로 둔다면 우리 펜리아 왕국만 뒤처지게 생겼어. 이스탄 왕국은 벌써 마법 부대를 만들 아카데미까지 설립한다고 난리란 말이다."

가을이 되기까지 고작 몇 달밖에 남지 않았지만 추수를 하고 곡식을 거두기 전 그 몇 달이 가장 힘든 시기라는 건 누구나 알고 있는 사실이었다.

'이 얼마나 답답한 말인가.'

비올라는 펜리아 왕국의 왕이자 자신의 아버지인 로그른트 왕을 바라보며 한숨을 내쉬었다. 자신의 아버지가 무능하다는 것은 이미 잘 알고 있는 사실이지만 이 정도까지 대책이 없는 인간일 줄은 몰랐다.

"돌아가거라. 국정은 나와 대신들이 돌보는 것이지 왕녀인 네가 관여해야 할 일이 아니다."

그의 말에 비올라는 주먹을 꽉 쥐면서 돌아섰다.

'국정을 돌봐야 할 대신들조차 무능하긴 마찬가지니 내가 이렇게 나서는 것 아니겠습니까. 아버지!'

당장에라도 소리치고 싶었지만 그녀는 자신을 바라보는 시선들에 입술을 깨물 수밖에 없었다.

"이만 가시지요, 왕녀님."

더 이상 위태로운 상황을 만들지 않기 위해 그녀의 호위 기사이자 시종인 그레이스가 말을 꺼냈다.

비올라는 다시 한번 이를 악물고는 회의실에 있는 신하들을 훑으며 걸어나갔다.

"흐음."

타투르로 돌아온 카릴은 쌓인 장부를 훑어보고 있었다.

"도대체 무슨 마법을 부리신 겁니까?"

"뭐가?"

그런 그를 신기하듯 바라보고 있는 사람은 다름 아닌 두샬라였다.

"공국에 두 개의 지점을 세우고 게다가 제국과도 거래를 준비 중이시라던데. 어떻게 밖으로 나갈 때마다 남들은 쩔쩔매는 일을 이렇게 쉽게 하시는 건가요?"

"쉽게 한 건 아냐. 나름대로 어려웠다고. 수안에게 듣지 않았어?"

"들었죠. 수십 년간 포나인에서 사람들을 괴롭혔던 수왕을 처리하셨다면서요. 게다가 덩달아 해왕까지? 솔직히 말해보세요. 드래곤이죠?"

"뭐?"

"저기 어디 비어 있는 레어가 뭐가 있더라……. 그래, 리세리아의 후손이라든지 뭐 그런 거요. 맞아! 그러고 보니 진짜 염룡의 레어도 다녀왔잖아요."

두샬라는 소름 돋는다는 표정으로 카릴을 바라봤다. 그녀의 동그랗게 떠진 눈에 카릴은 피식 웃으면서 말했다.

"네가 그렇게 다양한 표정을 지을 수 있는 사람인 줄은 몰랐는데."

"뭐…… 저도 사람이니까요."

그녀는 살짝 얼굴을 붉히면서 대답했다. 여전히 베일로 얼굴을 가리고 있지만 처음 그녀를 만났을 때 비한다면 목소리 톤과 억양까지 확실히 가볍게 변하였다.

“드래곤은 그렇다 쳐도 에이단의 말로는 교단에서 황제와 만났다던데…… 설마 그거까지 알고 움직이신 건 아니죠?”

“뭐, 운이 좋았을 뿐이야.”

카릴은 아니라고 부정했지만 너무 태연하게 대답하는 그 모습에 두샬라는 여전히 의심을 감추지 못했다.

“솔직히 마스터께서 갑자기 삼국 일을 내버려 두고 그 사제와 교단에 간다고 했을 때 얼마나 당황스러웠는지 아세요?”

“그래서 다른 사람도 아닌 네게 맡긴 거지. 에이단이 그러던데. 플랜을 누구보다 가장 잘해냈잖아.”

카릴의 칭찬에 살짝 입꼬리가 올라갔다.

“그런데 지금 생각해 보면 그게 갑자기 간 게 아닌 것 같다는 생각도 들거든요. 제국이 남부를 치지 못할 거라고 말씀하셨을 때……. 혹시 그 이유가 교단에서 황제를 만난 것과 관련 있는 게 아닌가 하는 생각이 들었거든요.”

하지만 그것도 잠시.

두샬라는 조금 전과 달리 예리한 눈빛을 뿜어내며 말했다.

암시장의 주인으로서 수년 간 귀족들 사이에서 그들의 머리 위에 있던 사람이다.

카릴이 삼국의 일을 그녀에게 자신 있게 맡겼던 것도 몸을 쓰는 게 아닌 수 싸움에서 그녀가 무능한 귀족들에게 질 리가 없다고 생각했기 때문이다.

반면 그 예리함은 단순히 적에게만 향하는 것은 아니었다. 전에 카릴이 회의실에서 침묵했던 부분을 잊지 않고 그녀는 그의 행보와 결과를 토대로 카릴이 숨기고 있는 것까지 예측했다.

툭-

그 정적을 깨뜨리듯 카릴이 그녀의 어깨를 가볍게 두들기며 말했다.

"확실히 넌 유능한 사람이야. 내게 아주 필요해."

"……예?"

"앞으로도 그렇게 해줘."

얼굴을 가까이 들이밀며 웃는 카릴의 모습에 그녀는 자신도 모르게 깜짝 놀라며 뒤로 물러섰다.

"삼국은?"

"음, 으음……. 베릴 남작이 기대 이상으로 잘 해주고 있어요. 욕심이 많은 늙은이지만 받는 만큼 확실하게 결과를 내니까요. 그에게 마광산의 지분을 조금 주는 대신 이스탄 왕국의 마법 부대 창설에 대한 소문을 내라고 했습니다."

얼굴을 살짝 붉힌 그녀는 헛기침을 몇 번 하고는 차분한 어조로 말했다.

"뭐……. 그 안건이 통과된 건 이미 매수당한 귀족들 덕분이었지만 마법 부대를 창설하게 되면 리더가 필요하니까요. 퇴물이긴 하지만 베릴 남작만큼의 실력자는 없으니 자연스럽게 마법사들은 그의 아래로 몰리게 될 겁니다."

"좋아."

"게다가 그 소문을 계기로 나머지 두 왕국에게는 불안감을 조성. 그게 이스탄 왕국이 침공을 준비한다는 걸로 포장해서 나머지 두 왕국에도 속성석을 팔았습니다."

하지만 이스탄과 달리 트바넬과 펜리아는 베릴만큼의 마법사가 없었다.

"지금 와서 마법사를 육성하는 것도 어려운 일이고 그만한 마법사를 영입하는 것도 쉬운 일이 아니죠."

"조건은 충분히 갖춰졌다는 거군. 그래 판매는 그럼 어땠어?"

카릴의 물음에 두샬라는 엄지를 치켜세우면서 대답했다.

"완판이에요. 게다가 그 덕분에 이스탄 왕국도 지금 압박을 받는 상황이 되어버렸죠. 이제 곧 국고가 바닥나는 건 시간문제일 걸요."

드르륵-

두샬라는 집무실 한편에 세워둔 뭔가를 들고 나왔다.

"마도범선 수리가 끝난 드워프들 중에 몇몇에게 마스터가 일러준 설계를 얘기해서 그들이 고안한 겁니다. 하나는 마력증폭기. 그리고 이건 속성석을 갈아 끼울 때마다 그 속성에 맞는 실드를 만들 수 있는 생성기에요."

두샬라는 스태프처럼 생긴 기다란 막대와 육각형의 팔찌처럼 생긴 무구를 카릴의 앞에 꺼내었다.

"이스탄의 마법 부대를 대비한 장비들이죠."

철컥-

그녀는 팔찌처럼 생긴 실드 생성기에 하급 속성석을 끼워 넣고는 팔찌에 튀어나온 손잡이를 잡아당겼다.

"일반적인 실드 마법보다 훨씬 더 고강도의 방어막을 만들 수 있어요."

그러자 옅은 직사각형의 타워 실드 형태의 푸른 보호막이 생성되었다.

"하지만 말은 그럴싸하지만, 단점이 있는 물건이죠. 조금만 생각해도 알 수 있는 거지만 이스탄 왕국의 마법 부대의 수가 세 자리를 돌파했다는 소식에 찬물 더운물을 가릴 처지가 아니겠죠."

그녀는 마치 보호막 뒤로 숨는 척 몇 번 얼굴을 감추더니 카릴에게 말했다.

"속성석을 갈아 끼운다는 건 결국 한 속성밖에 막을 수 없다는 것. 가위바위보처럼 상성 싸움이 될 수밖에 없죠. 뭐, 마법사들의 싸움 자체가 그런 것이긴 하지만……. 사실 무척이나 비효율적인 방어 도구거든요. 그걸 알게 되었을 땐 이미 늦었겠지만."

그녀는 가볍게 웃었다.

제국과 공국의 압박에서 살아남기 위해 연합이라는 체제를 구축하고 있지만 삼국은 호시탐탐 서로를 노리고 있는 상황이었다. 이런 위태로운 동맹에 전쟁의 불씨를 붙인 것이 바로 마광산이었다.

균형이 있었기 때문에 연합도 유지되는 것이다.

카릴은 베릴을 이용해서 이스탄에 힘을 실어주며.

"이스탄은 베릴 남작을 통해 마법 부대를 만들고 그들을 육성하기 위해 속성석을 사들이게 하고 나머지 두 왕국엔 이스탄의 압박에 대비하기 위해 마법 도구를 판매한다."

그녀는 어깨를 으쓱하며 말했다.

"게다가 암시장을 이용하는 제국의 귀족들도 한몫을 해줬죠. 가치가 있는 물건이라고 그들에게 은근슬쩍 얘기를 해줬으니까요."

카릴은 역시나 그녀가 이런 일엔 적임자라는 생각이 들었다.

내부에서부터 자멸하게 만드는 계획, 이것이 플랜 B(Break)의 진짜 의미였다.

"이제 곧 연락이 오겠군."

카릴은 만족스러운 듯 고개를 끄덕이며 말했다.

속성석의 매력은 엄청나다. 쉽게 강해질 수 있다는 유혹은 특히나 약자들에게 더욱 잘 먹혔다. 강함에 취해 귀족들은 경쟁하듯 저마다 속성석을 사들이기 시작했고 더불어 삼국의 재정은 위태로워졌다.

'하지만 이걸론 부족하지.'

단순히 금전적인 부분에서 갑을관계가 형성되었다 한들 그들을 흡수하기 위해서 필요한 것은 또 있었다.

나라를 움직이기 위해 필요한 것, 충성심.

'각왕이라는 전설을 숭배하는 남부의 야만족들과는 달리 삼국의 귀족들은 오로지 자신의 이득만으로 움직인다.'

자신의 강함을 위해 국고까지 손을 대는 자들이다. 그것은 결국 또 다른 유혹이 있을 때 언제든 자신을 배신을 할 수 있다는 뜻이기도 했다.

'가장 확실한 방법은 역시 전쟁이겠지.'

하지만 카릴의 생각은 달랐다. 그럴 생각이었다면 남부의 야만족을 흡수한 시점에서 이미 시작했을 테니까.

어째서 가장 약체로 평가되는 이스탄 삼국을 흡수하는 과정을 이렇게 복잡하게 하는 것일까.

바로 제국과 공국이라는 강적.

'결국, 그 둘과도 싸워야 한다. 그렇게 되었을 때 내 권세의 밑거름이 될 힘은 결국 삼국이 될 테니까. 그들의 힘을 최대한 보존하면서 내 것으로 만들어야 한다.'

카릴은 야금야금 밑바닥에서부터 천천히 그들을 조여오고 있었던 것이다.

'내가 그들의 국고를 가난하게 만든 이유는 귀족들의 생활을 위태롭게 하려는 게 아냐.'

그가 원하는 충성심은 다른 곳에 있었다. 왕가를 모시는 귀족이 가지는 충성심이 아닌 그 나라 안에 살고 있는 백성들의 충성심.

'국고를 바닥나게 만든 무능한 왕가를 대신해 그들을 살린다. 내가 얻고자 하는 것은 민심(民心). 귀족들을 다루는 것은 어렵지 않다. 백성이라는 완벽한 지지가 있다면 귀족들은 내게 반항하지 못할 터.'

그들 역시 백성이 없다면 귀족의 존재가 아무런 의미가 없다는 것 정도는 알고 있을 테니까.

'추수가 시작되기 전. 비록 그 몇 개월이라 할지라도 그 시기에 백성들의 원망은 극에 달할 것이다.'

그 틈을 노린다.

귀족들이 속성석에 매료되는 것처럼 백성들에게 그저 풍성한 음식은 뿌리칠 수 없는 유혹일 수밖에 없으니까.

백성들은 누가 왕이든 상관없다. 자신을 배불리 생활할 수 있게만 해준다면 말이다. 단순하지만 그것이 바로 민심을 얻는 가장 확실한 방법이었다.

"나중에 이것들을 공국에도 팔까 싶어요. 캄마 말로는 공국의 튤리와 프란이 곧 한판 붙을 거라면서요?"

"그쪽은 힘들 거야. 삼국과 달리 뛰어난 자들이 많으니까. 게다가 마도공학 기술은 드워프 못지않으니까."

두샬라는 카릴의 말에 아쉬운 듯 어깨를 으쓱했다.

언제부터 이런 걸 준비했던 것일까.

마도구를 제작하는 것은 결코 쉬운 일이 아니다. 게다가 이 정도로 정교한 물건들은 마법회도 못하는 일이었다. 대륙 어디에도 구할 수 없는 세공사들이 타투르에는 잔뜩 있었기 때문이다.

보석에 관해서는 타의 추종을 불허하는 노움과 함께 속성석을 사용할 수 있는 도구를 만들 대장술의 장인들인 드워프까지. 그뿐이겠는가 암시장엔 제국과 공국의 눈을 피해 도망친 노예들도 잔뜩 있었으니 노동력까지 충분했다.

마광산이 개발된 이후.

타투르의 공방 굴뚝에 연기가 꺼질 날이 없었다.

그때였다. 복도 밖에서 노크 소리가 들렸다.

"무슨 일이지?"

"실례하겠습니다. 마스터를 뵙고 싶어 하는 자들이 있습니다."

"누구라고 하더냐."

"그게…… 펜리아 왕국의 비올라라고 전해달라고 하셨습니다."

카릴은 보초병의 보고에 살짝 눈썹을 찡그렸다.

'펜리아 왕국의 비올라라…….'

딱히 기억에 없는 사람이었다. 제국의 부름을 받았을 때 이미 삼국은 멸망하기 직전이었으니까.

카릴은 두샬라를 바라봤다.

"비올라라면…… 펜리아 왕국의 세 왕녀 중 막내와 같은 이름이네요. 그녀가 직접 찾아온 걸까요?"

"그렇겠지. 왕녀의 이름을 다른 자들이 쓰진 않을 테니까."

생각지 못한 존재의 방문.

하지만 카릴이 기다렸던 일이기도 했다.

다만 첫째도 아닌 셋째의 방문이라는 것이 조금 의아한 일이긴 했다.

"들라 해라."

보초의 안내를 받으며 두 사람이 들어왔다. 검은색의 챙이 커다란 모자를 쓴 미모의 여성에게 시선이 닿았다.

'흐음, 왕녀가 맞긴 한가 보네.'

모자 아래로 보이는 적갈색의 눈동자는 확실히 펜리아 왕국의 혈통을 증명해 주는 것이었다.

'계획이 시작되면 두 왕국 중에 분명 이 사태의 심각성을 깨닫고 나와 거래를 하러 연락이 올 거라고는 생각했다.'

아직은 앳돼 보이는 그녀를 보며 카릴은 생각했다.

'왕이나 귀족이 아닌 왕녀가 온 것은 좀 예상 밖이지만…….'

펜리아 왕국이라는 이름과 함께 그가 떠올린 사람은 다름 아닌 앤섬 하워드였다.

'혹여 네가 기대했던 카드가 그녀일지도 모르겠다는 생각이 드는데.'

비올라의 얼굴을 바라보며 카릴은 여전히 자신의 기억 속엔 없는 자라는 걸 깨달았다.

다만 자신의 추측이 맞기를 기대했다. 왜냐면…… 그녀는 알지 못하지만 그녀의 뒤에 서 있는 남자를 카릴은 잘 알고 있었기 때문이다.

그레이스 판피넬.

삼국이 멸망하기 직전 소드 마스터의 경지에 오른 약소국 비운의 기사. 그 영광스러운 극의에 도달한 그였지만 아쉽게도 이 남자의 활약은 역사 속에 남아 있지 못했다.

그레이스가 검의 경지에 오른 뒤 처음이자 마지막으로 치렀던 전투에서 그는 사망했기 때문이다.

그가 상대했던 적수는 안타깝게도 대륙제일검인 크웰 맥거번이었다. 그리고 그가 패배했던 전장이 펜리아 왕국이 멸망하게 된 마지막 전투이기도 했다.

카릴은 두 사람을 바라보며 처음 그가 생각했던 다짐을 떠올렸다. 삼국이 멸망하지 않게 된다면 약소국에서 꽃을 피우지 못했던 걸출한 능력자들의 힘을 자신이 얻을 수 있을 것이라는 기대. 그리고 더 나아가 신탁전쟁을 승리로 이끌어줄 말이 되어주리라는 기대까지.

'좋아. 나의 그 바람의 첫 단추가 너희들이 될 수 있는지 한번 지켜보겠어.'

"당장 멈추거라."

카릴은 그녀의 도드라진 목소리에 고개를 들어 바라봤다.

맑고 청아한 목소리였다.

때 묻지 않고 올곧아 보이지만 그 말은 아직 세상을 모른다는 의미로도 해석할 수도 있었다.

"보통은 무법항에서 먼저 연락이 오는데……. 저택의 보초가 직접 내게 고한 것을 봐서는 조용히 거길 통과했을 리는 없고……."

카릴은 두샬라를 바라봤다.

"수안 하자르는?"

"길드 일 때문에 잠시 자리를 비웠습니다."

그녀는 가볍게 어깨를 으쓱하며 대답했다. 카릴은 고개를 끄덕이고는 그레이스를 바라봤다.

"그가 무법항에 없었던 것을 감사해야 할 거요, 그레이스 경. 그렇지 않았다면 성한 몸으로 이곳에 올 수 없었을 테니까."

그의 말에 그레이스는 얼굴이 굳어졌다.

"펜리아 왕국과의 우호 관계를 생각해 이 일은 넘어가도록 하죠. 왕녀님을 뵙습니다."

카릴은 그의 옆을 지나치려 가볍게 허리를 숙여 예의를 갖추며 비올라에게 인사했다. 허리를 숙인 채로 고개를 들자 챙 아래로 가려진 그녀의 눈빛과 시선이 교차 되었다.

'아주 죽일 듯이 보는군.'

어쩐지 그 모습에 웃음이 날 것 같아 카릴은 헛기침을 하며 일어섰다.

"날 알아보는구나. 어떤 사교계도 연회도 참석하지 않는데. 타투르의 정보력도 무시 못 하겠군."

비올라는 모자를 벗으면서 말했다. 눈빛에는 표독스러운 원망과 함께 긴장감이 묻어나 있었다.

"스스로 왕국의 이름을 말씀하지 않으셨습니까. 그건 제가 아는 것에 놀라워하시기보다는 왕녀님의 명성이 타투르에까지 들렸나가 궁금하셨기 때문 아닙니까."

"……."

카릴은 묘하게 웃었다.

'미안하지만 왕궁에서 살아가기 위해서는 네가 싫어하는 사교계와 연회에 참석을 해야 하는 법이다. 자존심만 강해서는 아무것도 할 수 없단다.'

그는 마치 아이에게 말하는 것처럼 속으로 생각했다. 전생의 그가 꼭 저랬으니까.

오직 전장의 결과로만 자신의 생각을 관철했었다. 귀족의 사회라든지 하는 것은 애초에 이민족인 자신에게 허락되지 않은 것이기도 했지만, 스스로가 거부감을 가지고 있었으니까.

그 덕분에 얻은 검성이라는 명예 아닌 명예.

'백성들은 칭송할지언정 그들의 위에 서 있는 왕과 귀족들을 다룰 힘이 없다면 정상에 서지 못한다.'

자신 역시 그랬으니까.

독불장군처럼 홀로 적과 싸우고 또 싸우는 것만이 제국을 위하고 인류를 위한 것이라 생각했었다.

하지만 그 결과가 결국 그들의 눈 밖에 나 배신이란 대가를 치르게 되었다.

다만.

'백성이라…….'

그 순간 카릴은 자신의 계획에서 가장 중요한 요점을 어쩌면 그녀가 채워 줄 수 있을지도 모른다는 생각이 들었다.

'나는 검성이라 칭송받았지만 기반이 없어서 결국 올리번과 귀족들에게 당했다.'

하지만 그녀는 다르다. 적법한 왕의 핏줄을 이어받은 여식이었으니까.

그런 그녀가 민심까지 얻게 된다면?

물론 올곧은 정의만큼이나 그녀가 뛰어난 사람인가는 좀 더 지켜봐야 할 일이었다.

"무엇을 멈추라는 것인지 말씀해 주시겠습니까?"

"당신도 알고 있을 텐데. 당신이 꾸민 일이니까. 그대가 삼국끼리 경쟁을 야기하고 있다는 건 세 살짜리도 아는 일이야."

비올라는 고양된 목소리로 말했다.

"그로 인해 국력이 약화 되고 국가의 안위를 어지럽히고 있는 너의 행동은 상인으로서 어긋나는 일이다."

카릴은 그녀의 말에 나지막하게 웃었다.

"그러게 말입니다. 세 살짜리도 아는 일을 어째서 다 큰 어른들이 모를까요."

"……뭐?"

생각지 못한 그의 대답에 비올라는 오히려 당황스러운 듯 그를 바라봤다.

"어지간히도 급하셨나 봅니다. 왕녀님께서 저를 직접 찾아오신 것을 보니 말입니다. 그런데 왕녀님께서 행차하시는데 고작 수하 한 명만 대동하신 걸 봐서는 폐하 몰래 빠져나오신 거고요."

카릴은 그레이스를 가리키며 말했다.

"물론 경이 꽤 실력 있는 기사라는 것은 알겠습니다만……."

"……!!"

순간! 그레이스는 본능적으로 비올라의 앞에 서며 허리에 차고 있는 검에 손을 가져갔다.

"타투르의 명성을 모르시진 않으실 것 같은데……. 왕녀님께서는 자유 도시에 들어오는 게 단순한 각오로 될 일이 아니라는 것을 아셨어야 합니다."

콰앙-!!

카릴의 몸이 튀어나가며 순식간에 그레이스의 앞에 섰다.

"흡!!"

깜짝 놀라는 그레이스가 있는 힘껏 검을 뽑으려고 했지만 이미 카릴의 팔이 그의 손목을 붙잡고 있는 상황이었다.

'풍기는 기운을 봐서는 소드 익스퍼트 중에서도 상급. 확실히 몇 년 뒤에 소드 마스터의 반열에 오를 만한 재목이긴 해.'

다부진 체격은 단순히 근육을 부풀린 것이 아닌 검술에 적합하게 단련을 시켰다.

'판피넬 가문도 특이한 가전 검술을 가지고 있다고 들었었는데…….'

아마 묵직한 힘보다는 날렵한 순발력을 중시하는 검술일 것이다.

하지만 그 자신하는 스피드를 뛰어넘는 카릴의 속도.

"이곳은 수안 하자르보다 더 강한 자들이 많다는 걸 알았어야죠."

철컥-

안간힘을 썼지만 검의 손잡이가 조금 들썩일 뿐 검집에서 뺄 수가 없었다.

그레이스는 자신보다 작은 체구의 카릴에게 힘에서 밀리고 있다는 것을 인정할 수 없는 눈빛이었다.

'검술이 궁금하긴 하지만 방을 엉망으로 만들고 싶진 않으니 나중으로 미뤄야겠군.'

카릴이 지그시 그의 검집을 내리누르자.

"크윽!!"

그레이스는 그 힘을 이기지 못하고 그대로 무릎을 꿇고 말았다.

"그레이스!!"

비올라가 그 모습에 깜짝 놀라며 소리쳤다.

카릴을 떼어놓기 위해 달려들려는 순간 뒤에 지켜보고 있던 두샬라가 그녀의 어깨를 잡았다.

"이곳은 왕녀님께서 마음대로 해도 아무도 뭐라 할 사람이 없는 왕궁이 아니랍니다. 지금 왕녀님께서 처하신 상황이 생각보다 무척 위험한 게 아닐까 하는 생각이 들진 않으신지요?"

두샬라는 카릴이 하고자 하는 일을 눈치 빠르게 알아차리고는 비올라를 향해 속삭이듯 말했다.

"이, 이것 놓아라!"

비올라는 놀란 듯 그녀의 손을 뿌리치며 소리쳤다.

보통의 사람이라면 왕녀의 몸에 손을 올리는 행위는 상상도 못 할 것이다. 하지만 그녀가 누구인가. 수년간 수많은 강국의 대귀족들을 다뤘던 암시장의 주인이다. 약소국의 왕녀 따윈 그저 치기 어린 꼬마로 보일 뿐이었다.

카릴은 물끄러미 두 사람을 바라보며 생각했다.

'그레이스의 실력 정도라면 왕국 내에서도 충분히 두각을 나타낼 텐데……. 차라리 첫째 왕녀의 호위 기사라면 어울린다고 생각되는데 겨우 셋째라는 건 아무래도 실력이 아니라 가문의 문제인가?'

아무리 뛰어난 자라고 하더라도 결국 왕의 수하였다. 그에게 미운털이 박혔다면 정계에서 밀려날 수밖에 없는 일이었으니까.

'그렇다면 저 말괄량이도 마찬가지일 테고. 대충 상황이 그려지는군.'

비올라를 향해 카릴은 나지막하게 말했다.

"막상 세상에 나오면 왕녀라는 이름으로 할 수 있는 게 생각보다 많지 않습니다. 게다가 왕위를 물려받게 될 것도 아니시라면 더더욱 그렇죠."

"당신……."

그녀는 카릴을 노려보았지만 오히려 카릴은 온화한 얼굴로 말했다.

"뭔가를 바꾸기 위해서는 힘이 있어야 합니다. 그리고 그걸 증명해야 하지요, 두샬라!"

그가 말하자 두샬라는 가지고 있던 장부를 꺼내어 그에게 건넸다.

"왕녀님의 아버지께서는 내년 겨울까지의 수확물을 담보로 6각석 열다섯 개를 가져가셨습니다. 아시다시피 6각석의 상등품 속석성이 나오는 마광산은 온 대륙을 뒤져도 저희와 공국에 있는 칼탄 마광산뿐일 겁니다."

마법력이 제국에 비해 떨어지는 공국은 마광산에서 채광되는 속성석을 모조리 국가에서 철저하게 관리하여 국외로 반출되는 것을 금했다. 그것은 마도공학이 비약적으로 발전한 이유기도 했다.

'물론…… 6각석으로 만족할 수 없지만.'

카디훔 마광산에서 8각석이 나온다는 것을 이미 알고 있는 카릴로서는 그때 맞춰 마도공학 기술을 발전시켜도 늦지 않는다고 생각했다.

"뭐…… 내년 수확물?"

"그뿐만이 아닙니다. 마도구는 몇 가지의 담보를 걸고 구입하시기도 했죠."

그의 말에 비올라의 얼굴이 굳어졌다. 모든 게 삼국을 오가면서 물건을 판매한 두샬라의 실력이 있었기 때문에 가능한 일이었지만 고작 십여 년밖에 살지 못한 어린 소녀가 잔뼈가 굵은 그녀의 방법을 이해할 리가 없었다.

"도대체…… 아버님께서는 이 무슨……."

빼곡하게 숫자들이 적힌 장부들을 바라보며 그녀는 입을 다물지 못했다.

"여기에 적힌 것들이 모두 저희에게 진 빚이라고 할 수 있겠죠. 아마 이대로라면 전쟁이라도 치르지 않고선 왕국이 유지되기도 힘들지 모릅니다."

비올라는 이해가 가지 않았다. 아무리 무능하다 하더라도 지금껏 왕국을 유지해 왔던 사람들이다. 속성석이 매력적이라는 것은 알지만 그렇다고 모든 사람이 속성석으로 극의에 도달할 수 있는 것도 아니었다.

그저 욕심만으로 이런 말도 안 되는 짓을 저지르고 만 것일까?

그때였다.

"물론 이 값을 모두 지불해야 하는 것이라면 말이죠."

"그게 무슨 말이지?"

카릴은 그레이스를 놓아주며 웃었다.

선명하게 찍힌 손자국에 욱신거리는 손목을 만지며 그레이스는 뒤로 물러섰다.

"왕녀님의 우려와는 달리 사실 저는 이 빚을 받을 생각이 없습니다."

"뭐?"

"일단은 무상으로 제공할 생각이라는 의미입니다."

"그게 무슨……."

비올라는 카릴의 말이 이해가 가지 않는 듯 얼굴을 찌푸렸다.

속성석에 미쳐 국정을 나 몰라라 한 귀족들도 이해되지 않았지만 공국에선 국외로 반출조차 금지한 속성석을 무상으로 제공했다는 말은 더 미친 짓 같았기 때문이었다.

"삼국은 지금 위기에 놓여 있습니다. 지금까지는 황제가 자리를 비운 덕분에 비밀이 유지되었지만 제국 역시 이곳에 마광산이 있다는 것을 알게 될 겁니다. 그렇게 되면 과연 가만히 있을까요?"

"그래서……?"

"물론 그냥 준 것은 아닙니다. 추후에 제국과의 전쟁에서 저의 편에 서지 않는다면 지금껏 받은 속성석의 값을 치러야 하겠지만요."

카릴은 장부를 슬쩍 보면서 말했다.

"뭐, 그때가 되면 왕국을 넘겨받는 정도로 해결되지 않겠습니까?"

그의 말에 비올라는 코웃음을 쳤다.

"제국과의 전쟁? 미친놈. 고작 상인인 네가 전쟁이라도 일으키겠다는 뜻이냐? 아니, 백번 양보해서 고작 속성석 때문에 삼국이 너를 도와 제국과 싸울 거라 생각하느냐."

"글쎄요."

하지만 그녀의 비아냥에도 불구하고 카릴은 차분한 어조로 말했다.

"전 상인이 아닙니다. 한 번도 상인이라고 말한 적이 없습니다. 타투르의 운영은 저기 있는 두샬라와 함께 캄마 그리고 수안이 맡아서 하고 있으니까요."

"……뭐?"

순간 검을 쓰지 않는 비올라조차 살갗을 찌르는 듯한 날카로운 살기를 느꼈다.

"저는 대초원의 4부족과 남부 5대 가문의 수장입니다. 그리고 북부 늑여우 부족이 저를 따르고 있으며 아조르에 있는 길드에선 현재 70여 명이 넘는 마법사가 삼국에는 제공하지 않는 최상급 속성석을 이용해서 육성되고 있습니다."

"……."

"전력으로 따진다면 지금 당장 삼국을 침공할 수 있는 병력은 약 30만 정도가 되겠군요."

카릴은 담담한 표정으로 그녀에게 말했다.

30만의 병력이라면 펜리아 왕국 전력의 2배가 넘는 숫자다.

"남부의 군주로서 말씀드리는 겁니다. 제가 말한 제국과의 전쟁에서 삼국이 힘을 보탠다는 의미는 동맹이 아니라 삼국이 저의 밑에 있다는 뜻입니다."

"감히……!!"

소리치는 그녀와 달리 카릴은 시종일관 표정에 변화가 없었다.

"이건 일종의 시험입니다. 왕녀님의 말씀대로 세 살짜리도 아는 이 이상한 거래에서 백성을 생각하는 자가 과연 있을 것인가."

그는 가볍게 웃었다.

"아마도 그런 왕이 될 자격이 있는 분이신 것 같습니다. 백성을 살리고 싶다면 왕위에 오르십시오."

그러고는 인자하게 말했다.

"그렇다면 저는 펜리아 왕국을 삼국 중 가장 나중에 치겠습니다."

"푸…… 푸하하!!"

두 사람이 떠난 집무실에서 웃음이 터져 나왔다.

두샬라는 너무 웃어 배가 아프다는 표정으로 카릴을 바라보며 말했다.

"아니 무슨 비밀을 그렇게 아무렇지도 않은 표정으로 말씀하세요? 게다가 전쟁 선포를 왕이 아니라 왕녀에게 하는 사람이 어딨어요?"

"그렇게 말해도 상관없으니까. 아무도 그녀의 말을 믿진 않을 거야. 내가 남부 야만족의 수장이라는 것에서부터 삼국이 남부를 치겠다는 발상은 아무도 못 할걸."

"그렇겠죠. 남부엔 디곤 일족이 있으니까 모두 그렇게 생각하겠죠. 디곤의 동의 없이 야만족이 전쟁을 일으킬 리는 없다고."

"맞아."

카릴은 그녀의 말에 고개를 끄덕였다.

"그녀는 뛰어난 여왕이 될 기질은 있지만 기껏해야 셋째 왕녀에 불과해. 백날 소리쳐 봐야 무능한 왕과 귀족들은 그녀의 말을 귓등으로도 듣지 않겠지."

"게다가 왕녀로서는 자신이 침공할 적에게 속성석과 무구를 줘서 더 강하게 만든다? 납득이 되지 않는 일이겠죠."

두샬라는 꺼내놓은 장부 뒤에 있는 인장으로 봉인되어 있는 서약서를 가리켰다.

"이미 왕가 이외에 대부분의 귀족이 저희 쪽으로 포섭되었다는 걸 알 리가 없을 테니까요."

카릴은 그것을 바라보며 낮은 목소리로 말했다.

"고작해야 돈에 흔들리는 귀족들이다. 난 그들을 믿지 않아. 차라리 믿는다면 조금 전 그녀가 더 믿음이 가지."

"그럼……?"

"단순히 전쟁으로 성을 따내는 것은 제국과 다를 바 없어. 하지만 자유 도시란 단순한 무법지가 아닌 자유를 위한 유일한 땅이다. 이민족과 야만족, 노예와 평민이 모두 똑같이 살 수 있는 곳. 백성들이 우리를 믿고 받아들이게 하기 위해서는 자유 도시가 가지는 무법성이 아닌 그들의 자유를 지키기 위해 싸운다는 타당성을 가져야 해."

"왕녀를 마스터의 편에 두려는 이유가 그거군요. 백성의 삶 따윈 고려하지 않은 귀족과 다른 신민을 얻을 새로운 여왕. 그리고 그 여왕이 우리의 편에 선다……."

두샬라는 카릴의 계획을 단번에 알아차렸다.

"아직은 몰라. 과연 왕이 아닌 백성을 택할 만큼의 깜냥이 있을지는 두고 봐야지."

카릴은 눈빛을 빛냈다.

"그런데 전 아직도 이해가 가지 않네요. 왜 이렇게 번거로운 방법을 쓰시는 건가요? 지금까지 역사 속에 수많은 왕이 있었지만, 이런저런 사정 다 보면서 정복을 하지 않잖아요."

"살리려고."

"네?"

"최대한 많이 사람들을 살리려고. 내가 권좌에 오르고자 하는 이유는 그 때문이니까."

하지만 두샬라는 그의 말이 이해가 가지 않는다는 듯 고개를 갸웃거렸다.

그녀는 모를 것이다. 인간들끼리의 전쟁은 그저 앞으로 있을 거대한 전쟁에 전초전에 불과한 것이라는 것을.

그리고 그 대전을 준비하기 위해서 카릴은 지루하고 복잡한 방법이라 할지라도 이 길을 택했다.

국가가 아닌 인간이라는 범주 아래 하나로 뭉쳐야 했기에 더 많은 전력이 남아 있도록 해야 했다.

카릴은 낮은 숨을 토해내며 말했다.

"그 첫걸음이야. 비올라가 정말 왕위에 오른다면 우리는 그녀 위에 오를 수 있도록 타당성을 갖춰야 하겠지."

그의 말에 두샬라는 고개를 끄덕였다.

"마물 토벌."

그녀는 지금 자신이 내뱉는 말에 소름이 돋는 기분이었다.

모든 것이 너무나 맞아 떨어졌기 때문이다.

"마스터의 말대로 베이칸에게 보고가 왔습니다. 이스탄 왕국과 펜리아 왕국 사이에 마굴이 생성될 조짐이 보인다고 하더군요."

중앙인들과 달리 남부인들은 마굴 토벌의 베테랑이었다.

카릴은 베이칸에게 삼국의 경계를 조사하도록 시켰다.

"게다가 그 국경 사이에는 크고 작은 마을들이 수십 개 있고요. 그곳에서 생활하는 사람이 족히 수천 명은 될 겁니다."

카릴은 고개를 끄덕였다.

"그리고 마굴 생성 예상 시기는……."

"석 달 뒤. 곡식을 거두기 바로 직전. 마굴이 나타나면 몬스터에 의해 논밭이 엉망이 되겠지. 이미 국고가 바닥난 삼국들은 마물을 토벌할 여력이 되지 않을 거야."

"좋은 무구를 가지고 있어도 그걸 쓸 여력이 없는 상태라니 우습네요.”

두샬라의 말에 카릴은 창밖을 바라봤다.

“베이칸과 키누 무카리를 불러들여.”

“네, 마스터.”

그의 눈빛이 번뜩였다.

카릴은 나지막한 목소리로 말했다.

“그 토벌. 우리가 한다. 그리고…….”

그의 눈빛이 빛났다.

‘능구렁이 같은 황제가 자신의 목숨을 구했다고 생각한다면 내 약속을 지킬 리가 없다. 과연…… 남부로 누구를 보낼까.’

누가 되었든 상관없다. 그 적이 누구든 마굴 토벌과 함께 자신의 군대의 위용을 알리는 제물이 될 테니까.

국정을 돌보는 황궁의 태양관(Sun Hall)에는 때아닌 격론이 벌어지고 있었다. 이 모든 이유가 아이러니하게도 일선에서 물러났었던 황제가 다시 국정으로 돌아왔기 때문이었다.

“폐하, 더 이상 남부 일대를 그냥 두고 보시기만 하실 겁니까. 려기사단이 전멸했습니다. 그 씹어 먹어도 시원찮을 야만족들에게 말입니다.”

핏대를 세우며 대신들의 시선을 받고 있는 것은 1황자인 루온이었다.

"당장에라도 군사를 보내 그놈들을 처단해야 합니다."

"형님, 진정하시지요. 남부에는 디곤 일족이 있습니다. 전쟁을 일으키게 된다면 부득이하게 그들과의 마찰 역시 불가피합니다. 아무리 서로 다른 부족이라 할지라도 남부의 일을 그냥 보고만 있지 않을 테니까요."

그리고 그의 말을 제지하는 사람은 2황자인 올리번이었다. 루온은 그의 말에 인상을 구기며 소리쳤다.

"그럼 지금 너는 우리 제국의 기사단이 전멸했는데 손가락만 빨고 있자는 거냐. 벌써 몇 달이나 흘렀다. 이대로라면 제국의 위상이……!"

"그럼 누굴 보내실 겁니까?"

소리치는 루온의 말을 올리번이 끊었다.

"뭐?"

"제국 일곱 기사단 중에 전방 수호를 일임받은 기사단은 모두 네 곳입니다. 그중에 청기사단은 이제 막 귀환을 하였고 녹기사단은 공국의 경비를 맡고 있습니다. 실질적으로 남부 경계를 담당하는 등기사단에게 토벌을 맡기시겠습니까?"

올리번은 마치 그에게 들으라는 듯 날카로운 목소리로 말했다.

"형님, 등기사단입니다. 아시지 않습니까."

"……."

황후의 오라버니이자 등기사단의 단장인 베스탈 후작이 전쟁에 어울리지 않는 사람이라는 것은 태양관에 있는 대신들이라면 누구나 잘 알고 있는 일이었다.

그에게 남부 경계를 맡긴 이유는 남부는 지금껏 제국과의 마찰이 없었기 때문이었다. 디곤 일족이라는 거대한 세력이 남부를 통치하고 있었기 때문에 제국과 남부가 맞붙는다면 양쪽 모두 크나큰 피해를 볼 수밖에 없다는 걸 알고 있었다.

"그러면 이대로 야만족 놈들을 두실 생각이십니까? 북부 정벌의 의미가 무엇입니까. 북부와 마찬가지로 남부 역시 이단의 쓰레기들이라는 것을 잘 아시지 않습니까."

루온은 강력하게 얘기했다.

"올리번, 네 생각은 어떠냐."

하지만 황제가 자신이 아닌 올리번에게 질문을 하자 루온은 입술을 깨물었다.

"이게 모두 제 불찰입니다. 아조르에서 확인된 회색교장의 보고에서 얻은 청린을 얻기 위해 지금껏 유지되었던 남부를 침입한 결과입니다."

"그래서?"

"남부를 처단하기 전에 려기사단을 제 임의대로 움직인 벌부터 받겠습니다."

웅성웅성.

생각지 못한 올리번의 말에 홀 안은 대신들의 목소리로 시끄러워졌다.

당연한 일이었다.

황위를 다투고 있는 두 사람이었다. 자신의 죄는 감추고 상대방의 실수는 크게 부풀려야 할 때인데 올리번은 오히려 벌을 받겠다고 말했으니 말이다.

타이란 슈테안은 그런 그를 흥미롭게 바라봤다.

"현재 공국에서 루레인 가문끼리의 전쟁이 벌어질 것 같다는 보고가 있지만 그렇다고 녹기사단을 뺄 수는 없는 일."

목소리에 힘이 실렸다.

"폐하, 황공하오나 제가 남부로 갈 수 있도록 황실특임대인 흑기사단의 일부만 내어주신다면 직접 디곤 일족과 담판을 짓겠습니다."

"디곤과?"

올리번은 묘한 표정을 지으며 말했다.

"제가 벌인 일. 저 스스로 마무리 지어 더 이상 제국의 병사를 낭비하지 않고 남부의 일은 남부인으로 마무리를 짓도록 말입니다."

황제는 단번에 그의 내막을 알아차렸다.

려기사단이 나락 바위로 무혈 입성할 수 있었던 이유를 이미 보고 받았기 때문이다.

'디곤이 손을 잡은 건 루온이 아니라 올리번 녀석이렷다. 하긴……. 뼛속까지 제국인인 루온과 다르니까.'

차분하고 사람 좋아 보이는 얼굴이지만 황제는 끝을 알 수 없는 올리번의 시커먼 속내에 이따금 혀를 내두를 정도였다.

'게다가 흑기사단은 아직 중립이다. 이번 기회에 흑기사단을 자신의 편으로 돌릴 속셈이렷다.'

황제는 루온을 바라봤다.

올리번의 말에 과연 그가 어떤 대응을 할지 보겠다는 의미였다.

"헛소리. 너의 그런 안일한 생각으로 려기사단을 잃은 것 아니냐!"

"아버님 제게 등기사단의 지휘권을 내려주십시오. 제가 직접 남부로 가겠습니다."

그의 예상대로 루온은 기다렸다는 듯 말했다.

"네가?"

"물론입니다."

하지만 황제는 루온의 자신감의 근거가 궁금했다. 1황자라는 위치와 함께 가장 적법한 황위 계승권을 가지고 있는 루온은 지금까지 전장과는 거리가 먼 자였기 때문이다.

"현재 공석이었던 금기사단의 부단장인 아지프 경을 아실 겁니다. 요양을 위해 그는 자신의 영지인 브레라도에 머물고 있습니다. 마침 완쾌가 되어 황궁으로 복귀하기 전, 기사의 명예를 위해 스스로 전과를 올리고 싶다는 뜻을 저에게 밝혔습니다."

"호오……. 아지프 경이 부상을?"

황제는 그가 언제 부상했었냐는 듯 의아한 얼굴로 금기사단의 단장이자 총기사단장인 벨린 발렌티온을 바라봤다.

"크음."

하지만 벨린은 대답 대신 낮은 헛기침과 함께 가볍게 허리를 숙일 뿐이었다.

'올리번이 디곤과 접촉하는 동안 루온은 금기사단과 접촉을 했군. 재미있구나.'

황제는 자신의 자리를 야금야금 갉아먹기 시작하는 두 아들을 바라보며 흐뭇한 표정을 지었다.

"다들 제국을 생각하는 마음이 기특하구나. 너희들의 모습에 내가 자식들을 아주 잘 키웠다는 생각이 들어."

황제의 목소리가 변했다.

그 순간.

루온과 올리번은 자신도 모르게 본능적으로 움찔거렸다. 그는 황좌의 팔걸이에 팔을 기대고 관자놀이를 손가락으로 짚으며 두 사람을 내려다보며 말을 이었다.

"두 황자의 말이 모두 맞다. 나는 너희들이 제국을 생각하는 마음을 충분히 들었다. 하지만 잊고 있는 것이 하나 있구나. 너희들 곁에 가장 가까이 있는 제국인이자 소중한 가족 말이다."

그 순간 두 사람의 얼굴이 굳어졌다.

'빌어먹을…….'

모두의 시선이 한쪽으로 쏠렸다. 그곳엔 3황자인 크로멘이 서 있었다.

"나는 저 아이에게 기회를 주려 한다. 내 자식들이 모두 훌륭하게 자라는 것을 보는 것이 나를 이곳으로 다시 돌아오게 만든 신의 뜻이지 않겠느냐."

아무것도 모르는 눈빛으로 오히려 자신에게 쏠린 시선에 당장에라도 울 것 같은 소년. 한 해가 지나 이제 고작 여덟 살밖에 안 되는 꼬마는 어찌할 바를 몰라 안절부절못하는 모습이었다.

"아버지!!"

"하오나 폐하……!"

루온과 올리번이 동시에 타이란 슈테안을 향해 소리쳤다.

'저 능구렁이 같은 인간……. 우리가 전공을 세울 기회를 애초에 막을 생각이야. 가족애? 그저 끝까지 황권을 놓지 않을 욕심이면서.'

'셋째를 지지하는 세력은 거의 전무하다. 저 아이가 무슨 수를 써서 이 일을 해결한다는 말인가.'

그런 두 사람의 생각을 읽은 것처럼 황제는 여유롭게 그들에게 말했다.

"물론, 너희 둘과 달리 아직 어리고 미숙하지. 그래서 내가 3황자에게 힘이 되어줄 자를 불렀다."

끼이이이익--!!

태양관의 거대한 문이 열렸다. 모두의 시선이 문의 넘어를 향했다.

"……!!"

"……!!"

두 황자를 비롯한 대신들이 문 앞에 서 있는 한 사람을 바라보며 경악을 금치 못했다.

쿵- 쿵- 쿵-

발을 뗄 때마다 바닥이 울렸다. 대신들은 그가 카펫을 걸어오자 눈을 마주치지 못한 채 고개를 돌렸다.

"부르셨습니까, 폐하."

남자는 제국의 황제를 앞에 두고서도 너무나도 당당한 모습이었다.

'고…… 고든 파비안!!'

교도 용병단의 단장이자 대륙에 다섯뿐인 소드 마스터 중 한 명.

그가 이곳에 다시 나타날 것이라고는 누구도 예상치 못했다.

'비공정이 영토 안에 진입했다는 보고는 듣지 못했는데…….'

'설마 비밀리에 폐하께서 부르신 건가?'

'도대체 언제…….'

'설마 교도 용병단이 3황자의 편을 드는 건 아니겠지?'

그의 등장 하나만으로 대신들의 머릿속이 혼란스러워졌다.

교도 용병단은 일개 용병단이 아닌 3개의 기사단이 합쳐진 만큼의 저력을 가진 단체였으니까.

만약 그가 3황자 쪽에 서게 된다면 어쩌면 나머지 두 황자의 군사력과 맞먹는 전투력을 보유하게 되는 것이기 때문이었다.

하지만 황제는 거기서 끝이 아니었다.

모든 것이 자신의 의도대로라는 표정으로 그는 루온과 올리번을 향해 말했다.

"그리고 너희 둘은 고든 경과 함께 3황자를 도와 이 일을 해결하도록 하여라. 올리번, 너는 네가 뿌린 불화를 거두고 루온 너는 맏형으로서 두 동생을 잘 보살펴 주도록 하여라."

그 순간.

두 황자의 눈동자가 3황자를 향했다. 둘은 같은 생각을 하고 있었다.

'이건…….'

서로를 제거할 수 있는.

'기회다.'

황자들이 한 전장에 서게 될 때는 분명 서로가 적이 되었을 때라고 생각했다.

황제가 죽고 난 뒤 황권을 다투는 거대한 전투 속에서나 이뤄질 일이라고 생각했다.

그런데 지금 그 순간이 왔다.

모름지기 아버지라면 자식들이 서로에게 칼을 겨누는 것만큼은 막아야 했다.

하지만 타이란 슈테안은 그런 일반적인 아버지가 아니었다.

오히려 서로가 싸울 수 있는 빌미를 앞당겨 그들의 앞에 내보인 것이다.

수천, 수만의 병력을 소모하지 않고서도 걸림돌이 되는 존재를 처리할 수 있다.

그것도 무대는 중앙이 아닌 더러운 야만족들이 살고 있는 남부이지 않은가.

전투 속에서는 누구나 목숨을 잃을 수 있다.

설령 그것이 황자라 하더라도 말이다.

꿀꺽-

긴장한 크로멘이 자신도 모르게 마른침을 삼켰다.

정적 속에서 그 소리에 루온과 올리번의 시선이 그에게 쏠렸다.

터억.

그러자 마치 그들의 생각을 알고 있기라도 한다는 듯 고든 파비안은 자신의 허리에도 오지 않는 유약한 소년의 옆에 섰다.

'제길…….'

기뻐하긴 일렀다. 바라 마지않았던 전장이지만 이것이 그들 스스로 만든 것이 아닌 자신의 아버지가 만들어놓은 무대라는 걸 잊지 말아야 했다.

가장 약체라고 생각했던 3황자의 앞에 황제는 가장 강력한 적인 고든 파비안을 두었으니까.

'크로멘을 처리하기 위해서는 결국 저 남자를 뛰어넘어야 한다.'

완력으로 오우거의 머리를 그대로 찢어버린 엄청난 위용의 남자를 말이다.

'잘못 했다가는 내가 당한다.'

'어쩌면 이건 기회가 아니라 함정일지도 모르겠구나. 아버지께서는 이번 기회에 남부에 우리까지 묻으실 생각이신가.'

홀 안은 충격으로 오히려 정적이 머물렀다. 서로의 생각이 엉킨 지금 서로 다른 표정으로 서로 다른 목표를 바라보고 있었다.

유일하게 타이란 슈테안만이 환하게 웃으며 말했다.

"자, 이러고 있을 시간조차 아깝구나. 나는 분명 말했다. 두 황자는 동생을 도와 이번 남부의 일을 확실하게 마무리 짓도록 하여라."

그는 말을 마치고 자리에서 일어났다.

"서…… 서둘러야."

대신 중 누군가가 넋이 나간 목소리로 중얼거렸다. 그리고 그 말이 불씨가 된 것처럼 순식간에 사람들이 소리쳤다.

"최대한 빨리 사병들을 집결시키게!"

"보급부터 어서 확인하고!"

대신들의 생각은 모두 똑같았다.

'무슨 일이 있어도 내가 모시는 황자님께서 이 일을 해결해야 한다.'

그래야 미래에 자신의 목숨이 붙어 있을 것을 잘 알기 때문이었다.

여기저기 복도를 달리는 소리가 들렸다. 순식간에 사람들이 빠져나간 태양관에는 이제 단 세 사람만이 남아 있었다.

세 명의 황자는 굳은 얼굴로 서로를 바라봤다.

마치 다시는 볼 수 없을 것 같은 사람을 보는 것처럼.

"폐하."

"유린 경, 자네는 크로멘과 함께 남부로 가게."

"네?"

홀에서 한바탕 소란을 일으킨 타이란이었지만 그는 아직 성에 차지 않는다는 표정으로 말했다.

유린은 황제의 말에 깜짝 놀란 얼굴로 대답했다.

"폐하의 의중은 알겠습니다. 하오나 너무 이른 것이 아닌지요. 아직 카릴과의 약속 기한이……."

황제는 유린의 말에 같잖다는 웃음을 지었다.

"그 꼬마가 그랬지. 나와 한 거래의 대가로 크웰 맥거번을 내 옆에 두라고."

"……."

"게다가 교단에서 만났을 땐 그랬지. 남부를 통과하는 제국의 병력으로 인해 삼국이 피해를 보는 것을 막고 싶다고 말이야."

"예…… 폐하."

유린은 떨리는 목소리로 대답했다.

그가 약조한 것 중에 그 어떤 것도 황제는 이행하지 않았기 때문이다.

"너무 건방지지 않은가? 고작 열 댓밖에 되지 않은 꼬마가 제국의 황제와 거래를 하려 하다니 말이야. 언제부터 제국이 기껏 상인 나부랭이의 안위를 걱정해야 하지?"

"……화, 황공하옵니다."

어째서일까.

카릴을 생각만 했는데 유린은 입술이 바짝 마르고 떨리는 기분이었다.

아니, 사실은 잘 알고 있었다.

'폐하, 카릴은 폐하께서 생각하시는 상인 나부랭이가 아닙니다.'

솔직한 심정으론 다시 만나고 싶지 않았다.

유린은 화룡의 거처에서의 카릴의 모습을 절대로 잊을 수 없었다.

'녀석은…… 괴물입니다.'

그 순간 자신 있게 준비한 황제의 한 수가 어쩐지 유린은 스스로 불에 뛰어드는 불나방 같은 느낌을 지울 수가 없었다.

게다가…… 그곳을 향하는 황자가 하나도 아닌 셋이었다.

to be continued

Wish Books
나는 될 놈이다
글쓰는기계 게임 판타지 장편소설
WISHBOOKS GAME FANTASY STO
판타지 온라인의 투기장.
대장장이로 PVP 랭킹을 휩쓴 남자가 있다?
“아니, 어디서 이런 미친놈이 나타나서…….”
랭킹 20위, 일대일 싸움 특화형 도적, 패배!
“항복!”
'바퀴벌레'라고 불릴 정도로
끈질긴 생명력을 가진 성기사조차 패배!
“판타지 온라인 2, 다음 달에 나온다고 했지?”
평범함을 거부하는 남자, 김태현!
그가 써내려가는 신개념 게임 정복기!